集英社オレンジ文庫

十番様の縁結び 2

神在花嫁綺譚

東堂　燦

本書は書き下ろしです。

目次

序 9
一． 13
二． 33
三． 69
四． 103
五． 147
六． 191
終 235

登場人物紹介

十織《とおり》家

織物が盛んな街、花絲《はないと》の領主である一族。
はるか昔――国生みの時に生まれた神々を始祖とし、
未だ所有する一族=「神在《かみあり》」でもある。
その中でも、縁を結び縁を切る神、十番様を有する。

◆終也《しゅうや》

十織家の若き当主。幽閉されていた真緒を見初め、救い出し妻とした。

◆真緒《まお》

街一番の機織り上手。
幽閉され、虐げられていたものの…まっすぐな心の持ち主。

◆志津香《しづか》
終也の妹。勝気な美女。真緒のことを、今では信頼している。

◆綜志郎《そうしろう》
終也の弟であり、志津香にとっては双子の弟。飄々としている。

◆薫子《かおるこ》
終也の母。帝の娘――皇女であったが、先代に降嫁した。
終也の存在を受け入れることが出来ずにいる。

◆十織家、先代
終也の父で、特別な機織りでもあった。薫子のことを心から愛していた。

◆六久野恭司《むくのきょうじ》
終也の友人。かつて神在であったが、今は宮中に出仕している。

イラスト／白谷ゆう

十番様《じゅうばんさま》の縁結《えんむす》び
2
神在花嫁綺譚《かみありはなよめきたん》

序

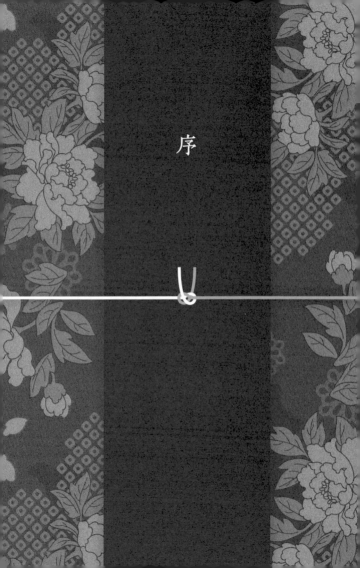

椿《つばき》の花が、冬の夜空から零《こぼ》れるように、ぽたり、ぽたり、落ちていた。

穢《けが》れを知らぬ真っ白な雪に落ちた花々は、凛《りん》と美しく、それでいて何もかもを拒《こば》むような赤色をしている。


椿が群れなす森は、まるで夜明けの空のように赤く染まっていた。

幼い少女にとって、その赤は、あまりにも鮮麗《せんれい》だった。


「眠たくなったのか？」

足を止めた少女を、隣を歩いていた青年が抱きあげる。細くしなやかな、けれども不思議と力強い腕のなかで、少女は首を横に振る。


「ううん。いつも花が咲いているね、って思っただけ」

この森は変わらない。いかなるときも、赤く、赤く色づくのだ。どの季節に訪れても、一年中、椿の花に彩られていた。


「花が落ちたら、そちらの方が問題だな。いつも咲いていることが正しい」

「そうなの？」

正しさとは、何だろうか。少女には分からなかったが、青年がその正しさを信じていることだけは理解できた。

「……ほら、星を見るのだったろう？」

青年に促されて、少女は宙を見上げる。

木々の隙間《すきま》から、星々の光が降りそそぐ。頰《ほお》をくすぐる淡い光に目を細めれば、夜空に光の帯が流れていた。

「綺麗！」

「ああ、綺麗だな。お前の目は特別だから、きっと冬の天《あま》の川《がわ》も見えるだろう」

青年は優しく囁《ささや》いた。声変わりを迎えたばかりのような、青く、硬さのある声だ。おそらく、年の頃は十代の半ばから後半だろう。

しかし、その顔を、その表情を思い出すことはできなかった。

ただ、優しい声だけが、いつまでも耳に残っている。

「――様には、見えないの？」

甘えるように口にした呼び方も、顔と同じで思い出すことはできなかった。

「見える。俺の目も、神様に貰《もら》った特別なもの。俺たちは、神様の枝葉のひとつだから」

「えだは？」

首を傾《かし》げれば、彼は喉《のど》を震わせるように笑った。

「神様の一部と言ったら、お前にも分かるだろうか？　生まれたときから、俺たちは神様と繫《つな》がっている。神様から愛されているんだ。だから、いつの日か死して、神様のもとに還《かえ》る」

椿の森で、その人は優しく語りかけてくれた。顔も思い出すことはできないのに、やはり、その声は魂の奥底に刻まれていた。

だから、少女——のちに、真緒《まお》、と名付けられた娘は、夢に見たのかもしれない。

ずっと思い出すこともなかった、花絲《はないと》の街に連れられる前のことを。自分が椿の森に生まれた《誰か》であったことを。

「ともに還ろう、——」

遠い場所で、誰かに名を呼ばれた気がした。

1.

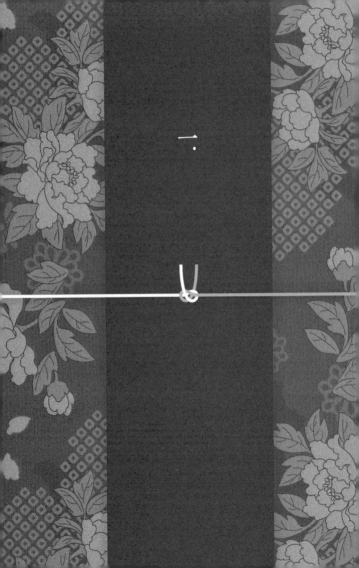

京発《みやこはつ》、帝都《ていと》行きの鉄道列車が、大きな音を立てながら走っていた。座席で揺られていた十織真緒《とおりまお》は、ふと、まどろみから目を覚ます。

眼前には、臙脂《えんじ》色を基調とした空間が広がっていた。

列車内を仕切るように作られた、乗客用の個室だ。小洒落《こじゃれ》た丸テーブルを挟むように、天鵞絨《ビロード》張りの長椅子《ながいす》が向かい合っている。

さほど広くはないが、半分ほど上げ下げできる窓があるため、圧迫感はなかった。

「お目覚めですか?」

砂糖をまぶしたような、甘ったるい声だった。

二人きりの個室で、正面に座っている夫――十織終也《しゅうや》は、優しい笑みを浮かべていた。宝石みたいな緑色の瞳には、眠たそうな真緒が映っている。

「ごめんなさい。わたし、寝ちゃったの?」

終也に連れられて、花絲《はないと》の街を出たのは早朝のことだった。

まずは京にまで移動し、そこから帝都行きの列車に乗り込んだものの、その後の記憶が途切れている。

はじめての列車にはしゃいで、揺られているうちに寝てしまったらしい。

「謝らないでください。とっても可愛《かわい》い寝顔だったので役得でした。良い夢を見ることはできましたか？」

「良い夢だったのかな？　ちっちゃい頃の夢だった気がするの」

「小さな頃？　花絲に来る前のことですか？」

「うん。ほとんど憶えていないから、本当にそうなのか分からないけれど」

真緒は、幼い頃、母親によって花絲の街まで連れてこられた。

当時のことは、記憶のかけらのようなものが浮かぶだけだ。いくら思い出そうとしても、うまく形を摑《つか》むことができない。

時間にしたら、おそらく十年以上も前のことで、その後の真緒は、ずっと母の生家に幽《ゆう》閉《へい》されていた。閉じ込められていたときの記憶に、幼少期の思い出は押し潰されてしまったのだろう。

真緒を花絲に連れてきた後、消息を絶ってしまった母の顔も思い出せない。

「いつもと違う環境だから、いつもと違う夢を見たのかもしれませんね。あまり寝心地が良いとは言えませんし。揺れるでしょう？　志津香《しづか》は嫌がるのですけど」

真緒の頭には、十織邸にいる義妹《いもうと》の顔が浮かんだ。

眉《まゆ》をひそめて嫌がる様子が、簡単に想像できる。彼女は乗り物酔いが酷《ひど》いので、十織家の車に乗るのも避けるくらいなのだ。

「揺れるのは大丈夫。鉄道って凄《すご》いね、いろんな景色が見えるんだもの」

列車の窓から見える景色は、めまぐるしく変わっていく。

実りの秋にふさわしい金の稲穂が、柔らかな風に波打っている。紅葉に染まりゆく山々は、溜息をつくほど麗《うるわ》しかった。見知らぬ土地、家々は、そこに住まう人々の暮らしをも思わせた。

瞬きをするうちに移り変わっていく光景は、真緒の知らない世界だった。

十織家で機織《はたお》りをしているときも幸せだが、こんな風に終也と遠出することも、とても幸せなことだと思う。

大切な人と同じものを見て、同じ思い出を共有することは、幽閉されていた頃にはできなかったことだ。

「体調が良いなら安心しました。帝都まで半日以上かかるので、移動がつらいのではないか、と心配だったんです」

終也は窓枠《まどわく》に肘をつきながら、景色ではなく真緒を見ていた。優しいまなざしに、胸の内にあたたかな光が宿った。

真緒と同じように、終也もこの旅を楽しんでくれているだろうか。

「終也は平気？」

「ええ。こう見えて、意外と頑丈なんですよ」

「終也が頑丈なら嬉しいけど。あんまり想像つかないかも」

真緒は口元に手をあてて、つい笑ってしまう。

終也は驚くほど手足が長く、背丈も高い。しかしながら、かなり細身なので、頑丈というよりも儚《はかな》さを感じさせる。

「良かったです、君が笑ってくれて。こうやって外に出ているときは、機織りができないでしょう?」

「そうだね?」

「君から機織りを奪ってしまうことも心配だったんです。君は織らなければ生きてゆけない人ですから」

たしかに、遠出している間、機織りができないことは落ちつかない。そのことに終也が理解を示してくれたことが嬉しかった。

終也は、機織としての真緒も蔑《ないがし》ろにしない。いつも大事にしてくれる。

「ありがと。……あっという間に帝都に着きそうだね」

「京から帝都まで何日もかかった昔と比べたら、ずいぶん早く移動できるようになった、と聞きます。僕が生まれた頃には、もう鉄道があったので、当時の苦労は分かりませんけれど」

「薫子《かおるこ》様からも、同じことを教えてもらったよ」

「ああ。昨日は、母上と会う日でしたね」

「うん。あのね、帝都って、どんなところ？　って教えてもらったの」

終也の母であり、真緒の義母にあたる薫子は、もともとは帝都に住んでいた。十織家に嫁《とつ》ぐまでは、今上帝《きんじょうてい》の娘――皇女の身分だったので、宮中で過ごしていたのだ。

本人は、ほとんど宮中にいたので、あまり帝都の様子は知らない、と言ったが、世間知らずの真緒に比べたら知っていることは多い。

真緒は、薫子に会ったときのことを思い出す。

十織家の邸《やしき》、先代の妻である薫子の居室は、小さな庭に面している。

人工的な小川の流れる庭で、かこん、と鹿威《ししおど》しが落ちる。

その音に合わせるよう、庭木の葉が散りゆく様を追えば、苔《こけ》むした地面と飛び石が目に入った。青々とした苔と白い飛び石は対照的だったが、どちらも庭に涼やかな彩りを添えている。

細部にまでこだわりの感じられる、手の掛けられた庭だった。

薫子の暮らしている場所は、庭に限らず、邸のなかでも凝《こ》った造りをしている。

おそらく薫子自身の希望というより、彼女の夫――すでに亡くなっている十織家の先代の趣味なのだろう。

愛《いと》しい妻には、より良い環境で過ごしてもらいたい、という想いが透けて見える。

薫子の部屋を訪れると、いつも先代の愛情を感じる。

だから、先代が亡くなった今も、この家を離れることができない、と言った薫子の気持ちが分かるのだ。愛されていたからこそ、たくさんの思い出が詰まっているからこそ、彼女は十織家に残った。

「帝都に行かれるのですって？」

開口一番、薫子はそう言った。落ちつかない様子に、真緒が訪ねる前から、この話をしようとしていたことが分かる。

「心配してくれたんですか？」

一見、つん、とした態度に見えるが、そうではないことを知っていた。

気位《きぐらい》は高いが、心根は少女のように純粋で、可愛らしい人なのだ。険しい表情は、真緒を心配しているからこそだった。

「終也が《神迎《かみむかえ》》に参じるとき、ついていくのでしょう？」

「志津香と綜志郎《そうしろう》がね、一緒に行ったら？　って言ってくれたんです。十織の御家のことは自分たちに任せて、夫婦でゆっくりしてねって」

真緒にとって義妹、義弟にあたる双子は、それぞれ十織の仕事に深く携《たずさ》わっている。外から嫁いできた真緒より、ずっと家のことに通じていた。

「そうね。神迎の時期に当主が不在になることは、皆、心得ているから。家のことは何も心配しなくて大丈夫でしょう」

「薫子様もいてくれるから、何も心配ないですね」

「私のことは良いのよ。……終也が神迎に参じている間は暇でしょうけれど、その後、帝都を案内してもらったら？」

「終也と一緒に帝都を歩けたら、すごく嬉しいです。でも、大丈夫なのかなって心配で。神迎で帝《みかど》に会うなら、終也、疲れてしまうんじゃないかな？　って」

今年の春、十織家は帝が神迎のとき纏《まと》う衣を仕立てるために、とある反物《たんもの》を納めた。あの出来事は、蓋《ふた》を開けてみれば、帝から十織家に対する圧力のひとつだった。

神在嫌《かみあり》いの帝と十織家の関係性は、決して穏やかなものではない。

そのような相手のもとに参じるのが、神迎という儀礼だった。年に一度、帝のもとに神在の家の代表が集まる儀礼だ。

「大丈夫よ。神迎など、帝や他の神在たちと顔を合わせるだけだもの。終也だって、帝都を案内する元気くらいあるでしょう」

「でも、帝は、いちばん恐ろしい人だって」

「そうね、恐ろしい人。でも、神迎に関しては、あまり帝のことは心配しなくても良いの。あの御方は何もしないでしょうから」

「本当に？　帝は神在のことが嫌いなのに」

「お嫌いでも、無視できない家があるの。一ノ瀬《いちのせ》、二上《ふたがみ》、七伏《ななふし》、新森《にいもり》、他にもあるでしょうけど、あのあたりと揉《も》めるのは避けるはずよ。だから、彼らの目がある神迎では何もしない。特に、今の帝都は悪《あ》しきものの顕《あらわ》れが多いらしいから、七伏の反感を買うのは避けたいはずよ」

一番目、二番目、七番目、二十一番目。

いくつか挙げられた神在には、真緒の知らない家名もあった。

十織は、他の神在に対しても魔除《まよ》けの反物を納めているので、中には取引のある神在もいるはずだ。

しかし、対外的な付き合いに真緒が出ることはないので、家名を聞いたことがあっても、うまく頭のなかで繋《つな》がらない。

（本当は、もう少し外のこともできるようになりたいけれど）

物心ついたときから、真緒は機織りばかりしてきた。嫁いだ頃は、織ることで終也の役に立てるのならば、それだけで良いと思っていた。

だが、今の真緒は、十織家のために他にもできることがあるならば、少しずつでも学んでいきたい、と考えている。

（わたしは終也の機織だけど、お嫁さんでもあるから）

終也の厚意に甘えて、嫌なことや苦しいことを、彼ひとりに背負わせたくない。

十織家は今上帝との関係上、難しい立場にあるのだから、真緒は知るべきことを知って、外に対しての知識をつけなくてはならない。

何かあったとき、終也の力となれるように。

「他の神在の目があって、帝が何もしないなら。それは良いことなんですよね？」

「もちろん。……あと数年の辛抱《しんぼう》なのよ。帝は、もう御高齢だもの。この頃は体調も芳《かんば》しくないそうだから」

薫子は、言外に、帝が死ぬまでの我慢、と匂わす。

真緒は驚いて、まじまじと薫子の顔を見つめてしまった。

帝は、真緒にとっては雲の上の人間だが、薫子にしてみれば実父にあたる。それも、十織家に嫁ぐ前の薫子は、帝の寵愛《ちょうあい》が深い、特別大事にされていた皇女だった。

寵愛されていたわりに、素っ気なく、冷たく聞こえる発言だった。

「薄情と思うかしら？　でもね、あの御方は、私を愛していたわけではないのよ。寵愛しているように見えたのは、私が神在の血を引いていない皇女だったから」

「皇女様には、神在の血を引いている人もいるんですか？」

「皇女に限らず、いつの時代も、帝の子には一定数いるのよ。帝の妃には、神在から召し上げられた女性もいるから。……でもね、そういった子を、帝は冷遇するのよ。私を産んだ人が神無《かみなし》だったから、帝は目を掛けてくださっただけ」

「神様の血が入っていると、ダメなの？」

神在とは、神の在《あ》る一族のこと。

はるか昔、国生みのとき、一番目から百番目までの神が産声《うぶごえ》をあげたという。その一柱、一柱を始祖《しそ》とし、いまだ所有している一族を、此《こ》の国では神在と呼ぶ。

神の血を継いで、神の力を揮《ふる》う彼らは、此の国にとって特別な血筋だった。

「いいえ。その人には、その人だけの価値がある、生まれながらの。でも、神在の血を引いて生まれた子は、帝の血筋としては、ふさわしくない。正統ではない、と帝は仰《おっしゃ》っていたのよ」

薫子は苦しげに目を伏せた。

宮中にいた彼女は、同じ帝の子でありながら冷遇される兄姉、弟妹を見て、罪悪感を抱いていたのかもしれない。

自分が大事にされる一方で、蔑《ないがし》ろにされてきた皇子、皇女たちがいる。

「帝のせいで、命を落とした子もいた。悪しきものの顕れがあったとき、それを鎮《しず》めるなんて名目で、まるで贄《にえ》のように死地へ送られていった。……昔からそうよ。私には、たくさんの兄姉、弟妹がいたけれども、全員が生き残ったわけではない」

「薫子様」

真緒は立ちあがって、彼女の背を撫《な》でる。

薫子は痛ましいものを思い出すよう、きつく眉間《みけん》にしわを寄せていた。彼女の心には、命を落としていった異母の兄姉、弟妹の姿が、今も刻まれたままなのだ。

「ごめんなさい、暗い話をして。――帝都では、終也にいろいろ連れていってもらうと良いわ。あの子なら、私よりも、よほど帝都に詳しいでしょうから。私が不甲斐《ふがい》ないせいで、あの子は十年も帝都にいたんだもの」

終也と薫子。母子の間にあった蟠《わだかま》りは、すべて消えたわけではない。

歩み寄ろうとしている今は喜ばしいことだが、彼らの間にあった確執は、しこりのように残ったままだ。

互いに、何もかも忘れて、何もなかったかのように過ごすことはできない。終也の傷も、薫子の罪も、この先ずっと消えることはない。

「……薫子様は、まだ終也のことが怖いけど、少しずつ仲良くなっています。過去はなかったことにならないけど。未来のことも、同じくらい大事にできませんか？」

真緒は終也から預かっていた手紙を、薫子に差し出した。

真緒を間に挟んで、終也と薫子は文通をするようになった。

終也の気持ちも、薫子の気持ちも追いついていないから、直接、顔を合わせることはできない。その代わりに、文を通して、言葉と心を交わそうとしていた。

まるで、互いの知らない、空白の時間を埋めるように。

薫子が帝都にいた終也のことを知らないように、終也もまた、そのとき薫子がどのように過ごしていたのかを知らない。

「あなたは真っ直ぐね、あいかわらず。過去のことは消えなくとも、同じくらい、未来を夢見ても良いのかしら？　私は許されないことをしたのに」

「仲良くしたいって、終也は思っています。未来では、きっと」

過去のことを抱えたまま、それでも家族として歩み寄り、支え合える未来が、いつか訪れると信じたい。

十織家の一員として、真緒にできることがあるならば、何でもしてあげたい。

「とても身勝手だけれど、そうなれたら嬉しいわ。……それで？　あなたは、いつになったら、私のことを母と呼んでくださるのかしら？　未来では呼んでくださるの？」

くすりと笑った薫子に、真緒は頰《ほお》を赤くする。

「そう言ってもらえるの、すごく嬉しいです。でも、もう少しだけ時間をください。わたしは、母様が、どんなものか憶えていなくて。だから……」

憶えていない人のことを、薫子の存在で上書きしてしまうのではないか。

真緒を自分の生家に預けて、行方《ゆくえ》を暗《くら》ませた人と知っている。真緒が幽閉《ゆうへい》されるきっかけを作った人でもあった。

（母様は、どうして、わたしを花絲に連れてきたの？）

やむにやまれぬ事情があって、身を切られるような思いで、真緒を生家に預けたのかもしれない。

あるいは、真緒が邪魔になったから、切り捨てたのか。

母の真意が分からないから、真緒には彼女を悪く思うこともできなかった。

「意地悪を言ったわね。でも、憶えていてくださる？　呼び方など関係なく、私は、あなたのことを娘と思っているのよ」

「血が繋がっていなくても？」

「あなたと終也だって、血は繋がっていないでしょう？　血縁なんて些末《さまつ》なこと、とは神在《かみあり》に嫁《とつ》いだ身で言うべきではないのでしょう。けれども、ともに過ごした時間が、家族をつくることもあるのではないかしら？」

「薫子様と先代様が、そうだったんですね」

　真緒と終也と同じで、彼らの間にも血の繋がりはなかった。

　それでも、夫婦として、家族としての絆《きずな》があったのだ。今は亡き先代と薫子のことは、皆が口を揃えて、仲の良い夫婦だったと言う。

「いつか、志津香も、綜志郎やあなたも。終也のことも。みんな私の子、と胸を張れるようになりたいの。――だから、帝都に行かれるのが心配なのよ。可愛《かわい》い娘の、はじめての遠出でしょう？　いくら鉄道のおかげで早く着くようになったとはいえ」

「終也がいるから大丈夫ですよ」

「そうね、あの子は何があっても、あなたを守ろうとするでしょう。でも、親心として、心配になることは許して。それで、そのような心配が無用だったくらい、終也と楽しい思い出を作って、私に教えてくださる？」

そう言って、薫子は柔らかに微笑《ほほえ》んだ。


「真緒？」

終也が心配そうに、真緒の名を呼ぶ。

昨日のことを思い出していたら、つい、心ここに有らずとなっていたらしい。

「ごめんなさい、薫子様と話したことを思い出して。神迎《かみむかえ》のことは心配してなかったな、って思ったの。帝に会うのに」

「ああ。それは僕も同意見です。いつもどおり無難に終わりますよ。そうでなくては、帝都まで君を連れていこうとは思いません。結婚してから初めての遠出なのに、余計な邪魔が入ったら嫌でしょう？」

真緒が十織家に迎えられたのは、去年の冬のことだった。今は秋なので、もうすぐ季節が一巡りするのだ。その間、終也と遠出する機会はなかったので、彼にとっても新鮮な旅なのかもしれない。

「楽しみにしてくれた？」

「もちろん。やっと君を帝都に連れていってあげられるんですから」

終也はそう言って、窓の外を指さした。

夕暮れの空の下に、見知らぬ街が広がっていた。

外観も高さも様々な建物が入り乱れている。馴染《なじ》みのある木造建築にまぎれて、荘厳な石造りの館が点在する姿は、まさに今の時代を象徴するようだった。

古きも新しきも、内も外も混ざり合って、この都は形作られている。

「わたしも楽しみ。終也が過ごした場所を、一緒に歩けるんだもの」

五歳から十五歳までの十年間、終也は帝都の学舎《まなびや》で過ごしていた。

終也の治める花絲の街も素敵な場所だが、彼が人生の半分ほどを過ごしたという帝都も、真緒にとって気になる場所だ。

結婚した今も、終也を知りたい、と思っている。

真緒に恋をしている、と教えてくれた彼に、いつか同じだけの想いを返せるようになりたかった。

──恋とは、何だろうか。

真緒には恋がどんなものか分からない。分からないから、終也に同じ気持ちを返せなくて、胸が痛むときがあった。

（恋がどんなものか分かったら。きっと、わたしは終也に恋をするのに）

まだ恋は知らない。だが、真緒が恋をするのなら、それは終也だけだ。

「僕が過ごした場所だから、帝都に行くのが楽しみだったんですか？　きっと、君がそう言ってくれるから、僕は我慢しよう、と思えるのでしょうね」

「我慢？」

「君にいろんな世界を見せてあげたい。でも、同じくらい、君のぜんぶを僕だけのものにしたい、とずっと思っています。怖いんです。君がいろんな世界を知って、僕以外の素敵なものを——美しいものを知ることが」

白皙《はくせき》の美貌《びぼう》に影が落ちる。叱《しか》られることを恐れる、小さな子どものような顔だった。真緒は堪《たま》らなくなって、座席から身を乗り出した。

「他の美しいものを知っても、終也がいちばん綺麗《きれい》だって、美しいんだって、わたしは思うよ」

「他を知ったら、僕から離れていくかもしれません。そんな風に不安になってしまうのですよ。僕は、自分が優しい人ではない、と知っていますから」

「そんなこと言うけど、終也はわたしを外に連れていってくれる。わたしに素敵なものを、綺麗なものを見せようとしてくれるよね。それって、終也が優しいってことにはならないのかな？」

ずっと幽閉されていた真緒は、誰よりも良く知っていた。真緒を閉じ込めることが、どれほど簡単なことか。

終也には、何処《どこ》にも行けないよう、真緒を囲うこともできるのだ。

それでも、終也がそれを選ぶことはない。いつだって手を差し伸べて、真緒を新しい場所に連れていってくれる。

「優しい終也を置いて、どこに行くの？　どこにも行きたくないよ。わたしは終也の機織さんで、……お嫁さんなのに」

「君には敵《かな》いませんね、いつも」

ゆっくりと速度を落とした列車から、レンガ造りの駅が見えた。帝都の入り口として建てられた赤銅《しゃくどう》色の駅舎は、異国情緒《じょうちょ》に溢《あふ》れている。

真緒たちを乗せた列車は、このまま帝都へと入ってゆくのだろう。

とても遠い場所まで来てしまった。だが、真緒の胸に恐怖はなかった。

「あのね。新婚旅行って言うんだって、こういうの」

志津香が教えてくれたの、と真緒は笑った。

二・

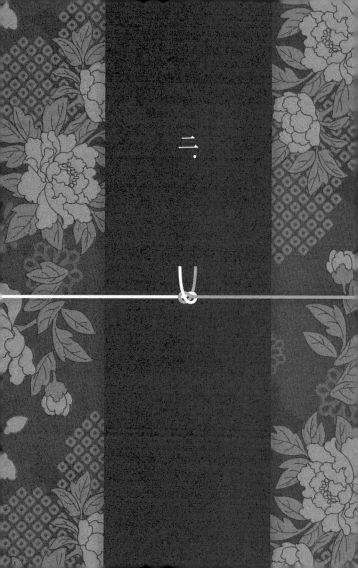

帝都《ていと》は、帝《みかど》のおわす場所。すなわち国の中枢《ちゅうすう》である。

帝が移ってからの歴史が浅いためか、かつての中枢であった京《みやこ》とは、ずいぶん趣《おもむき》が違う土地だった。

見慣れない石造りの建物が、当たり前の顔をして街並みに溶け込んでいる。

大きな道路には車が走り、思い思いに外《と》つ国《くに》の装《よそお》いを取り入れた人々が颯爽《さっそう》と歩く姿は、この都が日々めまぐるしく変化していることを象徴していた。

宮中に向かう道のりで、真緒《まお》はそんな印象を受けた。

帝都についてから一夜明けて、真緒は宮中まで連れてこられていた。

（とっても綺麗《きれい》な、お庭）

宮中の一郭にある部屋は、瀟洒《しょうしゃ》な庭に面している。

引き戸を全開にすると、そのまま外廊下《そとろうか》に繋《つな》がっており、庭への出入りが簡単にできるような造りとなっている。

色づく木々が、秋の訪れを感じさせる庭だった。

大きな楓《かえで》の木がそびえており、赤く染まった葉が、ひらり、と風に散りゆく様は、息を呑《の》むほど美しい。

楓の足下に広がるのは、此《こ》の国ではまだ珍しい秋薔薇《あきばら》の生垣《いけがき》だった。白、淡い黄色、橙色《だいだい》、様々な色をした薔薇が大輪《たいりん》の花を咲かせていた。

不思議な取り合わせだったか、どうしてか、真緒にはしっくりきた。

この庭を造らせた人は、おそらく自分の好きなものだけを庭に詰め込んだのだ。

庭を眺めていた真緒は、ふと、視線を室内に戻した。

此の国と外つ国の文化が混じり合った庭と違って、部屋の内装は完全に外つ国を思わせるものだった。

てっきり古くから続くような、伝統的な様式ばかりと思っていたので、外つ国の仕様となっていることが不思議だった。

異国情緒《じょうちょ》あふれる綴《つづ》れ織の布が掛けられたソファに、一本足が優美な丸テーブル。壁一面に作られた飾り棚《だな》には、ガラス製の花瓶《かびん》が置かれて、薔薇が一輪、澄ました顔で咲いている。

何よりも存在感を放っていたのは、部屋の隅にある執務机だった。

塗装《とそう》の剝《は》げた万年筆が、ぽつり、と立てられた机は、ほの暗い赤をした木材で作られており、一目で上質なものと分かった。

「帝都に来て早々、終也《しゅうや》と離されて不満か？」

六久野恭司《むくのきょうじ》は、ソファで足を組んだまま、わざとらしく肩を竦《すく》めた。

終也の友人であり、学舎《まなびや》にいた頃の同窓生でもある彼は、宮中に仕える身だった。

この部屋は、彼が執務を行うための場所だという。

宮中ではたくさんの人間が働いているはずだが、不思議と人気《ひとけ》がなく、このあたりだけ時間の流れが違う。

以前、恭司は言っていた。いろいろ役職はついているが、長すぎてどう名乗れば良いのか分からない、と。

宮中における恭司の立場は、よほど特異なのだろう。たった一人でありながら、宮中の一郭を与えられたことも、そのことを浮き彫りにしている。

「神迎《かみむかえ》には、もともと参加できないって知っていたから大丈夫。恭司様こそ良いの？　忙しいのに、わたしの相手をしてもらって」

もともと、終也が神迎に参加しているとき、真緒は宿で留守番をするつもりだった。まさか、宮中にいる恭司に預けられるとは思わなかったのだ。

「神迎のときは、毎年、暇をしているから問題ない。俺には、もう参加する資格もないしな。しかし、終也は小心者だな？　奥方を一人で宿に残すことが心配だったらしい。どうせ、ままごと遊びのような夫婦関係だろうに良くやる」

ままごと遊び。

真緒の胸は、ちくりと痛んだ。

「ああ、すまない。意地悪に聞こえたか？　終也も、俺に預けるくらいならば、供の一人や二人を連れてくれれば良かったものを」

神迎に際して、帝都まで出てきたのは終也と真緒だけだった。十織《とおり》家の使用人も、終也の弟妹も、当たり前のように花絲《はないと》の街に残っている。

「終也、かえって気疲れしちゃうからって」

終也が当主となってから、毎年の神迎には、彼ひとりで向かっていたらしい。今年も変わらず、最初から供をつけるつもりはなかったのだろう。

「気疲れの問題ではないんだが。あれは育ちが特異だから、誰かに世話をされることが嫌なんだろうな。……神在《かみあり》の子どもは、御家で大事に囲われることが多いんだが、あれは幼い頃、帝都に放り出された。自分の世話は自分でするしかなかったわけだ」

帝都にいたときの終也は、寄宿舎で暮らしていた。幼い頃は世話係もいたらしいが、長じてからは一人きりで生活していたと聞く。

十織家にいるときは当主らしく振る舞っているが、根っこのところでは、自分のことはすべて自分で片付けたいのだ。

「わたしも、あんまり、お世話されるの慣れていなくて」

終也とは別の理由だが、真緒も誰かに世話をされると落ちつかない。嫁《とつ》いだ頃に比べたら、使用人たちとの距離も縮まったというのに、未だに何かを頼むときは緊張してしまう。それが彼らの仕事と分かっていても、幽閉《ゆうへい》されていた頃との違いに、戸惑ってしまうのだ。

「良いんじゃないか？　神在の妻としては失格だろうが、奥方に求められているのは機織《はたお》りの腕だ。十織からしてみれば、そこがいちばん重要だろう」

「それだけで良いのかなって、最近は思うの。わたしには知らないことが多いから」

機織としての矜持《きょうじ》は、常に胸にあるつもりだ。

真緒は織らなくては生きてゆけない生き物で、幽閉されていた頃も、十織に嫁いでからも、自分が織るものには確かな誇りを持っている。

だが、十織家の一員として、機織りだけしかできない真緒で良いのだろうか。

「贅沢《ぜいたく》な悩みだな。自分の在り方を、自分で決められる者ばかりではない。特に、神在に生まれた者は、な。この身に流れる、神の血からは逃れられない」

「恭司様も？」

「もちろん。家が亡び、神が去ろうとも、この身には六番様《ろくばんさま》の血が流れているのだから。

——茶菓子でも持ってきてやろう。少し一人にするが安心しろ、嫌われ者の俺のところには、そうそう人は来ない」

「嫌われ者？　終也は、恭司様のことが好きだと思うよ」

「そういうことを言っているわけではないんだが。まあ、庭でも眺めて待っていてくれ、ここの見所は庭くらいしかないから」

恭司は庭を指さして、いったん部屋を出ていった。

（自分の在り方を、自分で決める。たしかに贅沢な悩みなのかもしれない）

真緒は、機織である、という自分の在り方を疑わない。

始まりこそ、祖父母に命じられた結果だが、そうでなくとも真緒は機織になっていただろう。織らずには生きてゆけないから、一生、機織として在ろうとする。

だが、真緒が機織として在りたい、と思うことさえ、本来は贅沢なことなのだ。

血や生まれによって、自らの望みと反する在り方をしなくてはならない人間は、真緒が思うよりも多い。

（終也も、そうなのかな）

彼は、神在という特別な血筋に生まれ、その血の濃さゆえに苦しんだ。

先祖返《せんぞがえ》りとして生まれたが故に、背負わなくてはならなかったものが、たくさんあったはずだ。

真緒は、いまの終也を不幸とは思っていない。

だが、一緒にもっと幸せになるために、十織家の当主としての終也のことも知りたいと思った。

（一緒にいるだけで幸せ。でも、それで終わりにしたくない）

この幸せがいつまでも続くように、真緒も努力しなくてはならない。

真緒は小さく息をついて、外廊下に出た。

恭司に言われたとおり、美しい庭を眺める。

今は薔薇が咲いているが、きっと季節によって様々な花が咲くのだろう。調和や取り合わせを度外視した自由な庭は、恭司との会話を踏まえると、見え方が変わった。

自由な庭だからこそ、部屋の主の不自由さを浮き彫りにする。

そのとき、一陣の風が吹いて、庭木の葉を散らした。はらはらと降ってくる木の葉《こ　は》の雨につられるよう、真緒は宙を見上げる。

まるで天から零《こぼ》れるように、赤い葉が舞い踊る。

楓の木から降ってくる赤は、真緒に似たような景色を想起させた。同じ赤ではない。だが、同じように赤い景色を見たことがある。

（あれは木の葉じゃなくて。たしか）

凜《りん》と美しく、何処《どこ》までも鮮やかな赤い花は、夜明けの空にも似ていた。

うまく形を摑《つか》むことのできない、かき消されてしまいそうな微《かす》かな記憶を摑むように、思わず片手を伸ばしたときのことだ。


「香矢《かや》？」


伸ばした手を、誰かに摑まれた。細く頼りない手首を、痛いくらいの力で握られて、真緒は振り返った。

足音もなく、気配もしなかったので、驚きのあまり声が出なかった。

真緒の手首を摑んでいたのは、隻眼《せきがん》の男だ。

甘い顔立ちには幼さも感じられるが、まなざしは酷《ひど》く落ちついている。終也と同じくらいの年齢かと思ったが、もっと年上かもしれない。

線の細い美丈夫《びじょうふ》だ。身長もさほど高くなく、華奢《きゃしゃ》な身体《からだ》つきをしていた。

ただ、背負っている大きな弓のせいか、小柄な印象はなかった。一度見たら、目を離せないような存在感がある。

(弓？　矢もないのに)

不思議な出で立《いで た》ちだった。弓を背負っていながら、矢を仕舞うための箙《えびら》を掛けている様子がないのだ。

彼は、じっと真緒を見ていた。

左目は眼帯に覆《おお》われているため分からないが、あらわになっている右目は、真緒と同じ真っ赤な色をしている。

「香矢だろう？　今まで、どこに」

香矢。呼ばれた名前は、やはり真緒のものではなかった。

しかし、男の声があまりにも悲痛で、すがるようなものであったから、その手を振り払えなかった。

男は、しばらく黙り込んだままだった。まるで真緒が返事をしなかったことが、悲しくて仕方がないように。

「あの、少し休んでいかれますか？　ご気分が悪いみたいだから」

心なしか、男の顔色は悪い。

そのうえ、彼が纏《まと》っている衣の袖《そで》から、治りきっていない火傷《やけど》の痕が見えたのだ。爛《ただ》れた皮膚《ひふ》が、ひどく痛々しい。もしかしたら、衣で隠れているところには、もっと大きな火傷を負っているのかもしれない。

男は首を横に振って、そっと真緒の手を放した。

「部屋のなかに入るのは遠慮《えんりょ》する。若い娘が一人のところに、邪魔するわけにはいかないだろう。恭司様は、どちらに？」

「いま少しだけ外していて。恭司様とお約束ですか？」

「いや、約束をしていたわけではない。宮中に参るついでに、ご挨拶《あいさつ》に伺《うかが》っただけだから。……先ほどはすまなかった、人違いをしたらしい」

真緒は困ったように眉《まゆ》を下げる。むしろ、この男の探している《香矢》でないことが、申し訳ないくらいだった。

香矢、と呼んだ彼の声には、それほどまでに焦燥《しょうそう》が滲《にじ》んでいた。

「お知り合いと、間違えました？」

「許嫁《いいなずけ》と間違えた」

「許嫁、さん？」

馴染《なじ》みのない言葉だったので、どういった関係性なのか分からない。

「結婚を約束した相手だな、いつか一緒になるはずだった人」

真緒の戸惑いを感じとったのか、彼はさらりと付け加えた。ものを知らない真緒を蔑《さげす》むこともなく、ごく自然に教えてくれるあたり、悪い人ではないのだろう。

「いつか夫婦になる人、ですね」

「そうだな。……あなたは、どうしてこちらに？　宮中でも見たことのない顔だ。恭司様が連れてきたのか？」

「恭司様に連れてきてもらったんじゃなくて、恭司様に預けられた、というか」

上手《うま》く説明できない真緒に、男は何かを察したらしい。

「神在《かみあり》の者か？　この時期に、帝都に来るなら関係者だろう。名前は？」

「真緒です。十織真緒」

男は目を丸くした。

「十織の娘なのか？　そういえば、十織の家には、年頃の娘がいるのだったな。俺は智弦《ちづる》という」

「智弦様？」

「あなたのような若い娘に名を呼ばれると、少し感傷的になってしまうな。自分の妻になる人も、生きていたら同じくらいの年齢だったから」

「亡くなられて？」

「生きているとは信じているが、ずっと行方《ゆくえ》が分からなくてな。探しているんだが、どうしても見つからない」

「……会えると良いですね。祈ります、わたしも」

真緒が終也と再会できたように、この人もまた、探し求める人と会えますように。終也と結婚して、幸せな生活を送っているからこそ、祈らずにはいられなかった。

「優しいな、十織の娘は」

「だって、ずっと探しているんですよね?」

「ああ。ずっと探している。会いたい、ともに故郷に帰りたい、と思っている。……恭司様がお戻りになるまで、もう少しかかりそうだな。ご挨拶は、またの機会にしよう。俺もそろそろ向かわねば」

「言伝《ことづて》があれば、預かりましょうか?」

「あらためて訪ねるから、言伝は要らない。あなたにも会えて良かった。香矢も、あなたのように大きくなっているのだろうな、きっと」

智弦は微笑《ほほえ》んで、足早に去ってしまった。その背中が寂しげに見えたので、真緒はもう一度、彼が探している相手と会えることを祈った。

「誰か来たのか?」

しばらくして、茶菓子を盆に載せた恭司が戻ってきた。どういうわけか、彼は来訪者がいたことに気づいているようだった。

「えと、智弦様?」

「智弦? 宮中に来るついでに、俺のところにも顔を出したのか。久しぶりの神迎《かみむかえ》を控えているだろうに、あいかわらず律儀《りちぎ》なことで」

「そういうのを大切にする人なんじゃないかな。真っ直ぐな人だったから」

許嫁に対する想いからして、生真面目《きまじめ》で、義理堅い性質《たち》であることは明らかだ。

智弦は、今も強く、行方不明の許嫁を想っていた。生きていたら同じ年頃というだけで、真緒と重ねてしまうくらいなのだ。

「邪気祓《じゃきばら》いの連中は、たいてい真っ直ぐだろうよ」

「邪気祓い?」

「あいつ、家名は名乗らなかったのか? 七伏《ななふし》智弦。七番様《ななばんさま》を有する家の当主だ。帝都にほど近い《払暁《ふつぎょう》の森》と呼ばれる森を本拠地とする神在。邪気祓いの家だな」

むかし、終也が教えてくれたことがある。

邪気祓いを生業《なりわい》とする神在には、弓矢をあつかう一族がいる。だから、矢羽根は、破魔《はま》の文様なのだ、と。

智弦は矢を携《たずさ》えていなかったが、弓を持っていたから、その一族だろうか。

「悪《あ》しきものを祓う人たち」

「そうだ。この頃は、わりと帝都でも邪気祓いの連中を見かけるぞ？　なにせ、帝都でもちらほら悪しきものの顕《あらわ》れが見られるようになった。――ちょうど、宮中で悪しきものが顕れたのを皮切りに」

「それって。神迎の衣が燃えた？」

もう一年以上前になるが、昨年の夏、宮中にある宝庫の一つが燃えた。

そのとき、宝庫に納められていた神迎の衣も、悪しきものの顕れによって燃えてしまった。だから、嫁《とつ》いだばかりだった真緒は、新しく衣を仕立てるための反物《たんもの》を織ることになったのだ。

十織家にとって一大事だった出来事を思い出して、真緒は眉をひそめる。

「宝庫が燃えたときほどの規模ではない、邪気としては弱い。だが、帝都のあちらこちらで不定期に悪さをしているらしい。民が不安に思うから、情報は最低限に絞《しぼ》られているみたいだが、帝も気が気ではないだろうよ」

「そうなんだ。わたし、悪しきものって、よく分からなくて」

幽閉《ゆうへい》されていたときも、十織家に嫁いでからも、真緒は悪しきものを目にしたことがなかった。見たことがないから、それがどういったものか説明されても、全貌《ぜんぼう》を掴むことができずにいる。

「厄災《やくさい》だ。此《こ》の国に封じているものが、運悪く零《こぼ》れてしまったもの。様々な形を持つが、もとを辿《たど》れば、ぜんぶ同じものでもある」

「……？　どういうこと？」

「俺は、あまり人に説明することが得意ではないんだが。そうだな、ここに饅頭《まんじゅう》があるだろう？　帝都に最近できた店で、老舗《しにせ》ではないが美味《うま》いぞ」

恭司はテーブルにある茶菓子を指さした。青く染め付けられた皿には、真っ白な皮にぎっしりと餡《あん》を詰めた饅頭がある。

「お饅頭で説明するの？」

甘い物に目がない男と知っているが、食べ物で説明するのか。

「皮が破けると、餡が零れるだろう？　これが悪しきものの顕れ。つまり、いつもは皮で覆っている――封じている。だから、綻《ほころ》びが生まれたとき、封じていた悪しきものが零れてしまう」

悪しきものとは、同じ饅頭に詰められた一つの餡。

餡の零れ方は、皮のどの部分が、いつ破けるかによって変わるので、悪しきものが顕れる場所も、顕れる時期も様々になる。

「でも。同じ餡なのに、いろんな姿を持つの？」

悪しきもの、邪気、魔、禍《わざわい》、物《もの》の怪《け》。

様々な呼び名を持つそれは、恐ろしい化生《けしょう》の姿をしていることもあれば、流行《はや》り病《やまい》や厄災の姿をしているときもあるという。

そんな風に、真緒は終也たちから教えられていた。

「このあたりは、邪気祓いの連中の方が詳しいんだが。いろんな姿を持っているが、同じ餡は餡らしいぞ。ただの人間の目にはぜんぶ違って見えるが、本質的には同一のものだ、と」

「じゃあ、お饅頭の皮って？　何が、皮の役割を果たしているの？」

餡が悪しきものならば、皮はいったい何なのか。

「神に決まっている。神がいれば、そう簡単に皮は破けない。――国生みのとき、一番目から百番目までの神が生まれたのは、悪しきものを封じるためだった。だから、昔の方が、悪しきものの顕れは少なかったわけだ」

「昔は、ぜんぶ神様が揃っていたから」

いまの時代は、恭司の家が持っていた神――六番様のように、すでに国から去ってしまった神も多いのだ。

「そうだ。すでに半分以上の神は去ったのだから、当然、綻びは生まれやすくなっている。

時代の流れとともに、此の国は悪しきものの影響を受けやすくなった。つまり、緩《ゆる》やかな亡びに向かっている。それが百年先か、千年先かは分からないが」

真緒は唇を嚙《か》んで、小袖《こそで》の胸元を握りしめる。いま、終也とともに生きている国が、いつか亡びる運命にあるとは思いたくなかった。

「なんとか、できないの？」

「どうにかするのなら、去った神が戻ってくるしかない。だが、神が戻ってくるなんて、俺は聞いたことない。古い時代には、そんなこともあったのかもしれんが」

「……それなのに、帝は神在を嫌っているんだね」

今上帝《きんじょうてい》は、神在嫌いで有名だ。長きにわたる在位のなか、神在を亡ぼすか、亡ぼせなくても支配下に置こうとしてきた。

「あの男は、神ではなく人が世をつくる、という夢を見ているんだ。神無き世に人の世はないというのに。百年も生きることのできない人間に、何を期待しているのか分からんが、昔から夢見がちな男で、だからこそ憐《あわ》れだ」

そう言いながらも、恭司の表情は穏やかだった。憐れむというよりも、まぶしいものを見つめるようなまなざしだ。

「どうして、そういう考えになるのかな」

「そういう考え？」

「神様と人が、対立しているみたいに考えるのかなって。だって、一緒に生きているのに。喧嘩《けんか》する必要なんてないのに」

瞬間、恭司は大口をあけて笑った。

「夢見がちなのは、帝ではなく、お前かもしれない。これでは終也は苦労するな」

恭司は肩を震わせたまま、饅頭を二つに割った。

◇◆◇◆◇

神迎は、年に一度、秋になると執《と》り行われる。

帝のもとに、各地から神在が集まる儀礼である。古くは神そのものが帝のもとに集結したらしいが、時代の流れによって、各家の代表者が参じる形に変わった。

今となっては形骸《けいがい》化した儀礼で、帝に対して、神在が顔を見せる以上の意味はない。

（逆に言えば、顔見せだけは無くせなかったということ。だから、基本的には、どの家も神迎には参じるのでしょうね）

神迎の開始を待っていた終也は、控えの間を見渡した。

控えの間は、所有する神々に振られた数によって五室に分けられている。

一番目から百番目までの神々に振られた数は、決して神の序列ではない。だが、時代の流れか、宮中の人間は神在に序列をつけようとする。

終也がいる控えの間には、すでに終也を含めた、ほとんどの神在が集まっていた。おそらく、他の部屋も変わらないだろう。

「昨年ぶりだな、十織の。背が伸びたか？　幼子の成長は早い、早い」

終也が顔をあげると、楽しそうにこちらを覗《のぞ》き込む男がいた。まだ若く、二十代の後半あたりに見えるが、彼の実年齢がそうでないことは知っていた。

「さすがに、もう背が伸びるような歳《とし》ではありません。あなたにとっては、赤子も僕も、等しく幼子なのでしょうけれど。お久しぶりです、一ノ瀬《いちのせ》の御当主」

「なんだ厭《いや》みか？　当主代理だ」

「実質、あなたが当主のようなものでしょう？　一ノ瀬の御当主は、表には出てこられないのですから」

「うちの御当主様は、俗世《ぞくせ》のことに興味がないからな。昔から、奥方以外、路傍《ろぼう》の石と思っている。奥方が亡くなってから、ずいぶんな歳月が流れたというのに、いまだ引きずっているわけだ」

終也は苦笑する。

「どれだけの月日が流れようとも、唯一の愛する人を亡くしたなら、立ち直ることはできません。僕にも分かります」

もし、真緒を亡くしたら、終也は死ぬまで引きずる自信があった。胸にぽっかり穴が空《あ》いてしまったように、抜《ぬ》け殻《がら》となって余生を過ごすはずだ。

「ああ、お前も嫁を取ったのだったな。うちの御当主様のようになるのか？　それでは御家が困るだろうに。俺たちは血を繋《つな》ぐことも責務だ」

「一番様《いちばんさま》も、十番様《じゅうばんさま》も、新しく子を生《な》すつもりはないから、ですか？」

神在は、神を所有し、神の血を引く一族である。

そのため、後世に神の血を繋いで、遺《のこ》していくための方法は、特別な場合を除けば二通りとなる。

終也のような神の末裔《まつえい》が、さらなる子を生すか。

あるいは、神そのものが、人間との間に新たな子を生すか。

「登美岡《とみおか》みたいに、ぼこぼこ子を生す神だったら良かったんだが。あいにく、うちの神様は節操《せっそう》なしではないからな」

終也たちの会話が聞こえたらしく、斜め前にいた美女が振り返る。

十三番目――登美岡の女当主は、自分の家の悪口に気分を害したらしい。

しかし、十三番目の神が、人間好きが高じたが故に、今もなお子を生し続けているのは有名な話だ。この女当主とて、母親は十三番様《じゅうさんばんさま》そのものだろう。神が子を生し続けるから、登美岡は神の血を濃いまま保つことができるのだ。

「私たちを節操《せっそう》なしと言うならば、お前のところは甲斐性《かいしょう》なしではなくて？　お池の鯉《こい》さんには、子を養う余裕もないのかしら？」

「はは、うちの神様は愛情深いんだ、すぐ乗り換える薄情者と一緒にするな。弱っちいくせに数だけは多い連中め」

「しようもない喧嘩《けんか》は、お止めください。年長者でしょう？　ここでは」

時に、神の血が濃い者は、人よりも長い時を生きる。一ノ瀬の当主代理も、登美岡の女当主も、若々しい外見に反して帝よりも年嵩《としかさ》のはずだ。

ふたりは面白くなさそうに肩を竦《すく》める。

「十織の当主に免じて、今日は許してやろう」

「許してやろう？　あいかわらず偉そうな女だな。少しは智弦の謙虚さを見習え、領地が隣だろうに」

智弦。その名は、たしか七番様を有する家――七伏家の当主のものだ。

登美岡も七伏も、どちらも帝都からほど近く、その領地は隣り合っていた。昔から、両家の関係は深く、互いに助け合いながら暮らしている面があった。

登美岡は物資や交通網《こうつうもう》で、七伏に便宜《べんぎ》を図っている。代わりに、登美岡の領地に悪《あ》しきものが顕《あらわ》れると、七伏が真っ先に対処するのだ。

尤《もっと》も、隣でありながら、ずいぶん領地の趣《おもむき》は違うが。

七伏は森の奥深く、登美岡は瀟洒《しょうしゃ》な歓楽街。七伏はほとんど一族だけで暮らし、登美岡は巨大な街に数多《あまた》の民を抱える。

「七伏家の御当主は、今年も不参加ですか？　毎年いらっしゃいませんよね」

「よく智弦の名前を憶えていたな？　十織のは、他家のことには興味がないと思っていたんだが」

「あそこの家は代理すら立てないから、目立つのですよ」

一ノ瀬がそうであるように、事情があって当主が参加しないならば、代わりの者を立てる家がほとんどだ。

神在と帝との関係性を思えば、神迎《かみむかえ》を欠席するのは得策ではない。

「七伏が参加できなかったのは、帝の都合だからな。邪気祓《じゃきばら》いのなかでは、いちばん拠点が帝都に近い。何かあれば真っ先に呼び出されるうえ、あちらこちらに飛ばされるわけだ。

神迎どころじゃない」

「帝にとって使い勝手がよろしい駒《こま》、と？」

終也が毒のある言い方をしたせいか、一ノ瀬の当主代理は渋い顔になる。

「あそこは先代が死んだとき、それなりに帝が便宜を図ったらしいからな。可哀《かわい》そうに、欲しくもない恩を売られてしまったわけだ」

「恩を売るというよりも、嫌がらせでは？」

帝は神在《かみあり》を嫌っている。どういった便宜を図られたのか知らないが、ろくなことではないだろう。

『十織のところも、よく嫌がらせをされるからなあ。ちなみに、今年は七伏が出てくるのに代わって、八塚《やつか》の虫けらどもが不参加らしい。――ああ、見ろ。噂《うわさ》をすれば、だ。智弦と顔を合わせるのは初めてか？」

控えの間に駆け込んできたのは、二十代とおぼしき男だ。

七伏家の当主。終也が神迎に参加するようになってから、彼の姿を見るのは、初めてのことだった。

左目が不自由なのか、あるいは負傷しているのか、黒い眼帯で覆《おお》っている。衣の袖《そで》から覗く手首にも、治りかけの火傷のようなものがあった。

邪気祓いは命がけだ。傷を負っているところは、さして驚きはしない。

それよりも、終也が驚いたのは彼の右目だった。

椿《つばき》のように真っ赤な瞳は、愛《いと》しい妻とそっくりの色をしていた。

終也の視線に気づいたのか、彼は不思議そうに首を傾《かし》げる。幼子のような仕草も、不思議と真緒に重なる気がした。

「見蕩《みと》れるくらい、良い男だろう？」

「ずいぶん、お若いですね」

顔立ちは整っているが、何処《どこ》か甘く、幼さを感じさせる。小柄であることもあって、少年と青年を行き交うような、独特の印象を受けるのだ。

「ああ見えて、お前よりは年上だがな。無駄話は、これくらいにしておくか？　そろそろ時間だろう」

鐘の音が、重く、鈍く、鳴り響く。

残響が止まぬうちに次々と鳴らされていく鐘は、いまだ此《こ》の国に残っている神の数だけ、打ち鳴らされていく。

控えの間の扉が開かれて、奥に置かれた玉座が姿を現す。

それは、いくつかの円柱によって仕切られた空間だった。天蓋《てんがい》のように垂らされたとばりのせいで、内部を見ることは叶わないが、そこに帝がいることは分かる。

馳《は》せ参じた神在たちは、膝をつくことも、首《こうべ》を垂れることもない。

此の国で最も尊《とうと》き存在は帝である。

だが、神在の家々が、心から帝に恭順を示すことはない。たとえ、帝や民にとって、神在は帝の下に就《つ》くもの、という認識があるとしても。

両者の関係性は、どの時代も危うい均衡のもとで成り立っているのだ。

玉座のとばりが、侍従《じじゅう》によって開かれる。

そこに坐《ざ》すは、年老いた帝だった。

まるで枯れ木のような男だ。白というよりも青ざめた顔色は、いよいよ死の影を帯びている。瘦《や》せ細った身体《からだ》では、とても長く生きられるとは思えない。

ただ、まなざしだけが異様に鋭く、爛々《らんらん》と輝いている。

数多の子を生しながら、決して帝位を譲《ゆず》ることなく、長きに渡る在位を続けている。帝位に執着し、決してその座を明け渡さない、という意志と、神在への嫌悪感が、帝の瞳にはあった。

終也は居住まいを正して、まっすぐに帝を見据えた。

十織家に対して、帝が悪感情を持っていることは、身に染みて分かっている。父の代から続く確執は、今もなお残ったままだ。

隙《すき》を見せれば、良いようにあつかわれてしまうだろう。

終也は、当主として一族を守らなくてはならない。

真緒がいる家を、彼女が幸福に過ごすことができるように、末永く守っていく必要があるのだ。

◇◆◇◆◇

恭司の用意してくれた饅頭《まんじゆう》は、彼が薦《すす》めるだけあって、それは美味《おい》しいものだった。叶うなら、終也にも食べさせてあげたかったと思う。

(終也、大丈夫かな?)

真緒は、ひらり、と舞う楓《かえで》の葉を眺めながら、神迎に参加している終也のことを思った。恭司のところで大人しく待っているしかないが、やはり落ちつかなかった。

「この庭って、恭司様の趣味?」

気をまぎらわすために尋ねると、彼は首を横に振る。

「いや?　俺の好きだった女の趣味だな」

「好きな人がいたの？」

「なんだ、俺が恋をしては悪いのか？」

「悪くないよ。でも、なんだか、びっくりして」

無愛想な男から、恋という言葉が出てくると思わなかったのだ。

恭司は、真緒に恋をしている、という終也のことも、何処か斜めに見ている節があったので、なおのこと。

「そんな意外そうな顔をされると、傷つく。俺とて心ある者だからな、恋のひとつくらいしたことはある」

あらためて、真緒は庭に視線を遣《や》った。

古くから此の国にあった楓の木に、外《と》つ国《くに》から入ってきた秋薔薇《あきばら》が咲く光景は、やはり何処までも自由だった。この庭を造った人が、きっと自由を愛していたのだ。

「恭司様の好きな人なら、きっと強い人だったんだね」

飄々《ひょうひょう》としている男だが、生まれや育ちを思えば、子どもの頃から今に至るまで、たくさんの苦悩を抱えていたはずだ。そんな彼が好いた相手ならば、彼が手を差し伸べなくとも、自分の足で立っていられる人だったのだろう。

「まあ、気は強かったな。奥方の百倍は」

「そんなに？」

「だからこそ、ずっと籠《かご》の鳥で憐《あわ》れだった。何処にでも行ける女だったのに、どこにも行くことができず、宮中で死んでいった」

「……ごめんなさい」

「謝る必要はない。籠の鳥ではあったが、最期は幸せだったろうよ、晴れ晴れとした笑顔で逝《い》ったからな」

「でも、恭司様は納得していないんでしょ？」

故人が笑顔のまま逝ったとしても、恭司の心は違う。彼女の死を、受け入れることができたのだろうか。

「この庭くらい、見せてやりたかった、と思っている。自分で造らせたくせに、あの女が、この庭を見ることは一度もなかったからな」

見ることはなかったというよりも、見ることができなかったのだろう。どういった身分の女性か知らないが、自由のない人であったことは明らかだ。

恭司は切なげに溜息をついて、庭に視線を遣った。その庭に、恋した人がいないことに、彼は傷ついている。

（もし、終也がこんな顔をしていたら。すごく悲しくなっちゃう）

真緒がいなくなったとき、終也も同じ顔をするだろうか。想像しただけで、胸が張り裂けそうになった。

(そんなの嫌。わたしは、終也を独りにしたくない)

恭司の好いた人——故人を非難するつもりはない。

だが、真緒は同じ道を辿《たど》りたくなかった。何があったとしても、終也を置き去りにしたくなかった。

この先、たとえ離れ離れになったとしても、必ず彼のもとに帰るのだ。

「真緒?」

沈黙の落ちる部屋に現れたのは、神迎《かみむかえ》に行っていた終也だった。しんみりとした真緒と恭司を見て、考え込むように口元に手をあてる。

「浮かない顔をしていますね。恭司が、意地悪でも言いましたか?」

「おい、真っ先に俺を疑うのは止めろ」

「大丈夫、意地悪なんて言われてないよ。……おかえりなさい、終也」

真緒はソファから立ちあがって、終也のもとに駆け寄った。いつも十織家でそうしているように、終也は両手を広げて、迎え入れてくれた。

「はい、ただいま戻りました」

終也の腕のなかで、真緒はほっと息をつく。

「べたべたするなら余所《よそ》でやれ、甘ったるくて砂を吐きそうだ。俺も、おかえりなさい、と言うべきか？　終也」

「そんな、にやついた顔で言われても嬉しくありませんよ。恭司、ありがとうございました。真緒と一緒にいてくれて」

「礼は要らない。なかなかに愉快な時間だったからな。神迎は、今年も無難に終わったようだな？」

「ええ。知っているでしょう？　神迎では、めったなことが起きない、と」

「知っている。だが、そろそろ、帝の我慢も利《き》かなくなる頃だろうよ。あれは老い先が短いと分かっているから、迷いも増えている。――死が迫った人間は、先のことを心配しない。だから、何でもするぞ」

「警戒は続けますよ」

「それが賢い選択だな。お前のところは爆弾を抱えているようなものだから、なおのこと気をつけろ」

「母のことを、そのように言わないでください。かつて皇女だったとはいえ、もう十織家の人間ですよ」

虚を衝《つ》かれたように、恭司は目を丸くした。

「薫子《かおるこ》様のことを揶揄《やゆ》したつもりはなかったのだが。そう聞こえてしまったのなら、すまない。……奥方、明日からは帝都観光か？　あいにく、俺は野暮用《やぼよう》ができてしまってな。案内はしてやれないが、終也に美味《うま》い甘味処《かんみどころ》を教えてやったから、連れて行ってもらうと良い」

「野暮用がなくとも、あなたと一緒は御免ですが。新婚旅行なので」

「新婚旅行？　はは、よく言う。カビが生えそうなくらい根暗な男だと思っていたが、今度は頭に花でも咲いているのか？　浮かれてしまっているな」

付き合っていられん、と恭司はひらひらと片手を振った。

そのまま恭司と別れて、終也たちが宿に帰った頃には、すっかり日が暮れていた。

宿の部屋に荷物を下ろして、真緒は息をつく。

終也とは半日も離れていなかったはずだが、ずいぶん長い間、離れ離れになっていたように感じられた。

神迎の間、真緒はずっと不安だったのかもしれない。いくら何事もなく終わると聞いていても、相対するのは帝で、十織家にとって難しい相手だ。

（ぜんぶ終わったのに。なんだか落ちつかない）

神迎が終わった今も、真緒の心には不安がくすぶっていた。真緒は堪《たま》らず、終也の背中に手を伸ばした。

「真緒？」

そのまま、甘えるように背中にはりつく。背骨に額をぐりぐり押しつけると、困ったような、くすぐったがるような笑い声が聞こえてきた。

「何もなかった？」

神迎で、何らかの悪意を向けられなかったか。その場にいなかった真緒は、終也が傷つけられていないか、と怖かったのだ。

「何もなかったですよ。無難に終わる、と言ったでしょう？　帝が何かするとしたら、それは別の機会でしょうね。……他家の顔ぶれも変わらず。珍しく顔を出した家と、珍しく不参加だった家があったので、そこくらいでしょうか？　いつもと違ったのは」

「参加しなくても、許されるの？」

「ええ。でも、何処《どこ》の家も、基本的には参加を選びます。年に一度、帝のご機嫌伺《うかが》いと、他家を含めた情勢の探り合いですから、顔を出すことに意味があるのですよ。それよりも、お待たせしている間、恭司が余計なことを言いませんでしたか？」

「いろいろ教えてくれたよ」

「いろいろが気になるところですけどね」

「美味《おい》しいお饅頭《まんじゅう》もいただいたの。最近、帝都にできたお店なんだって」

「あの人、甘い物に目がないですからね。ねえ、真緒、明日は何処に行きますか？　恭司に教えてもらった甘味処にも案内してあげられます。外《と》つ国《くに》の雑貨とか、服をあつかっているお店もいくつか知っていますよ」

きっと、帝都に来る前に、終也はいろんなことを調べて、準備してくれたのだろう。自分のことは二の次にして、この遠出を真緒が楽しめるように。

彼の気持ちは嬉しいが、真緒は首を横に振った。

「終也が過ごしていた場所に行きたいな。終也の言うお店も、楽しいと思うけれど。わたしの知らない、帝都にいたときの終也のことを教えてくれる？　きっと、もっと終也のことを好きになると思うから」

そうしたら、真緒にも分かるだろうか。恋が何であるのか。真緒が恋をしたいのは終也だから、終也を知ることで、真緒は恋を知りたいのだ。

「真緒、少し離れてくれますか？」

「もうちょっと、くっついていたい」

「くっついても良いですよ。でも、向きを変えさせてください。これだと、君の顔が見れないでしょう？」

終也は身体《からだ》を反転させる。向かい合うような体勢になると、頭上から優しいまなざしが降ってくる。

宝石のような緑の目で、見つめられることが好きだった。

終也の優しさが、愛情が、――真緒に恋をしている、という気持ちが、そのまなざしに宿っていると分かるのだ。

「大好き」

「知っていますよ。だから、焦らなくても良いんです。君の気持ちが追いつくまで、僕はいつまでも待ちます。だって、君が僕の隣にいてくれるだけで、僕は……僕は、死ぬまで、幸せなのですから」

終也と真緒の関係を、ままごと遊びのよう、と恭司は言った。真緒のように特別な目を持たなくとも、恭司には分かったのだろう。

真緒と終也が、嫁《とつ》いだ頃から、ずっと変わっていないことが。

恋をしたい。真緒の好きが、終也と同じものになるように。

そうしたら、真緒は本当の意味で、終也と夫婦になれるだろうか。いつも大事にしてくれる人に、同じだけの想いを返せるだろうか。

三・

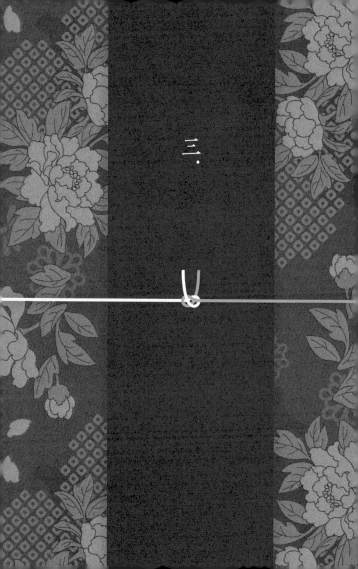

翌日の帝都《ていと》は天候に恵まれ、気持ちの良い秋晴れだった。

澄み渡った空につられるよう、真緒《まお》が顔をあげれば、仕立てたばかりの紺《こん》色のワンピースの裾《すそ》が、風にひらり、と揺れた。

腰元に切り替えがあり、裾に向かって花開くように広がったワンピースは、志津香《しづか》と相談して仕立てたものだった。

真緒は布地を織っただけなので、志津香が素敵な服に仕上げてくれたとも言う。

織り込んだ白い小花が、ちょうど裾や襟《えり》の部分に浮き出て、とても可愛《かわい》らしかった。何よりも、被《かぶ》って釦《ボタン》を留めるだけなので着るのが楽だ。

帝都行きの準備をする際、真緒を助けてくれたのは志津香だった。

嫁《とつ》いだばかりの頃と違って着付けも一人でできるが、外《と》つ国《くに》の装《よそお》いの方が真緒には簡単だ。そのあたりを考えて、いろいろ助言してくれたのだ。

「志津香が張り切って、新しい衣を仕立てる、と言っていましたけど。外つ国のものだったんですね」

「可愛い？」

志津香には、そう聞きなさい、と言われていた。

「もちろん。君はいつだって可愛いですけれど、今日は一段と可愛いです」

「終也《しゅうや》は格好良いね」

手足が長く、すらりと背が高い人なので、何を着ても様になるのだ。スタンドカラーのシャツに小袖《こそで》を合わせた姿は、帝都を歩いていても違和感がない。

十織《とおり》家の人々は、終也以外、あまり外つ国の装いを取り入れない。嫌っているのではなく、単純に馴染《なじ》みが薄いのだ。

終也が例外なのは、きっと帝都で暮らしていたからなのだろう。

「ありがとうございます。君がそう言うのなら、そう思うことにしますね」

美しい人なのに、終也はあいかわらず容姿に自信がない。

だが、真緒の言葉を、頭ごなしに否定することはなくなった。真緒の言葉なら、と受け止めてくれることが嬉しかった。

「お出かけ楽しみだったの」

「僕も楽しみでしたよ。今日は、僕が過ごしていた場所を案内しますね。中心部からは少し離れるのですが、学舎《まなびや》の集められた地区がありまして。……僕にとっては、なんてことのない場所なんです。でも、君と一緒なら、きっと素敵だって思えるので」

終也はそっと手を差し出してきた。いつも、彼は真緒に手を差し出してくれる。真緒に怖いことをするのではなく、真緒を連れ出してくれる手だから、彼と手を繋《つな》ぐことが好きだった。

道すがら、終也は帝都のことを教えてくれた。

「帝都は、もともと帝《みかど》のおわす土地ではありませんでした。なので、帝の御所として造られた京《みやこ》とは成り立ちも、風土も違います。花絲《はないと》も京寄りの風土ですから、帝都とはやはり違うでしょう？」

花絲も、何度か連れていってもらったことのある京の街並みも、此《こ》の国で受け継がれてきたものを保とうとする意志が感じられた。

外つ国の文化も取り入れてはいるのだが、あまり目立つところには造らず、昔からある景観を損《そこ》なわないようにしているのだ。

十織邸とて、外つ国の様式を取り入れているものの、それは主に内装の話である。

一方で、帝都は一言で片付けるならば混沌《こんとん》としている。

新しいものを積極的に取り入れて、その価値を否定しない風土なのだろう。昔から続くような景観も、明らかに外つ国から入ってきたであろうものも共存している。

調和はなくとも、それが自然の姿だと思わせるのだ。

これからも、この都は変化を拒《こば》まず、めまぐるしく姿を変えてゆく。

「どうして、京ではなく、こっちに帝が移ったの？」

真緒は、帝が此の地に移った時期を知らないが、それほど古い話ではないことは察していた。今上帝《きんじょうてい》が即位するよりは前の話だろうが、今とかなり近い時代に、帝の御所は移されたのだろう。

「いろいろな理由があります。ひとつは、京のあたりには神在《かみあり》が多いので、その影響を減らすためでしょう。十織家もそうですが、長きに渡って国の中枢《ちゅうすう》であったこともあり、京を囲うように領地を持つ神在は多いのです」

今上帝の神在嫌いは極端だが、帝と神在の権力争いは、いつの時代もあったこと、と終也は語る。

「すべての神が残っていた時代ならば、いざ知らず。時代の流れとともに、神は数を減らし、神の影響力も弱まったので、帝がこちらに移ることができたわけです」

「他の理由は？」

帝が移られるということは、国の中枢としての機能も移るということだ。長きに渡って続いてきたものを変革するのは、並大抵のことではない。

終也の言うとおり、いくつもの理由が重なった結果、この地が帝都となった。

「たとえば、いくつかある邪気祓《じゃきばら》いの一族のうち、京近くに居を構えていた神在が、弱体化したこともあるでしょう。不幸なことがあって、彼女たちが亡びる寸前まで数を減らした結果、より安全な土地へ帝が移った、というのも理由の一つでしょうか」

「いちばんの理由は違う？」

いくつか理由を話しながらも、それらは最も重要なものではないのだろう。終也は言葉を濁《にご》しているように感じられた。

「大きな、大きな厄災《やくさい》が起きたそうです。宮中が京にあったとき猛威を揮《ふる》ったそれは、祓われた今もなお、忌避《きひ》されるべきものとなりました。……今もなお、あの地は穢《けが》れている、と。そういう風に、中央の者たちは考えたのです」

厄災。つまり、悪《あ》しきもの。

十織家の織りあげる魔除《まよ》けの反物《たんもの》は、悪しきもの――魔から身を守るためのものだ。真緒は十織の人間なので、悪しきものは、決して無関係の存在ではない。

「……これくらいにしておきましょうか、あまり気分の良い話ではありませんから。見えますか？　あちらの庭園、帝都にいたときは、よく足を運んでいたんです」

最初に終也が案内してくれたのは、小さな庭園だった。

街中にぽつり、と残された庭は、規模こそ小さいが、背の高い樹木に囲まれていた。鬱《うっ》蒼《そう》とした木々が、思い思いに枝葉を伸ばす光景は、この場所だけ昔のまま時を止めているかのようだ。

庭というよりも、小さな森に近いのかもしれない。

足を踏み入れた途端、澄んだ空気が肺を満たす。濃密な緑の匂《にお》いと一緒に、清らかなものが身体《からだ》のうちに流れ込んでくる。

枝葉の隙間《すきま》から零《こぼ》れる、淡い日の光が、優しく降り注ぐ。そびえたつ木々のせいで、日中でありながらも薄暗い庭だが、不思議と恐怖はなかった。

「落ちつくでしょう？　あまり人が集まることもなくて、いつ来ても穏やかな場所だったので、この庭に来ることが好きだったんです」

「十織家の森に似ているね」

十織邸の裏には、人の手が入っていない深い森が広がっている。十番様がおわす森は、いつも澄んだ風が吹くのだ。

「そう言われると、たしかに。僕は十番様《じゅうばんさま》と似ているから、好きになってしまったのかもしれませんね。なんだか不思議です。帝都にいるときの僕は、十番様と会ったこともなかったのに」

「わたしも、このお庭とっても好き」

十織家を思わせるから、真緒もこの庭が好きになった。

「なら良かった。帝都にいた頃、休みの日になると、朝はこの庭で過ごして、それから近くの古書店に寄るのが好きでした。実は、今も店主に頼んで、面白そうな本があれば十織まで送ってもらっているんですよ」

終也の私室には、たくさんの本が収蔵されている。

ぎっしり詰まった本棚《ほんだな》を眺める時間が、真緒はとても好きだ。何が書いてあるのか理解できなくとも、終也の好きなものと思えば、どれも素敵なものに見えた。

「わたしも読んでみたいな、終也の好きな本を。ちゃんと読むのは、まだ難しいと思うけれど。でも」

終也の好きな本ならば、読んでみたい。

「もちろん。花絲に帰ったら、一緒に読みましょうか」

「いっぱい時間かかるかも」

「じゃあ、その分、いっぱい一緒にいられますね」

ものを知らない真緒のことを、終也は決して嘲笑《ちようしよう》しない。

知らないことは、これから知っていけば良い、何も恥じることはない。そう言って、真緒にたくさんのことを教えてくれるのだ。

ふたりは並んで、しばらく帝都を歩く。

真緒は何処《どこ》を歩いても、ここで暮らしていた、かつての終也のことを思った。

歩き慣れていない真緒を気遣ってか、終也の通っていた学舎《まなびや》に行く前に、甘味処《かんみどころ》に入ることになった。

流行《はや》りのカフェではなく、昔ながらの店のようだ。通りから少し外れるものの、かなり賑《にぎ》わっており、人気店なのだろう。

「恭司《きょうじ》から教えてもらったんです。練《ね》り切《き》りが有名らしいです、味も見た目も素晴らしい、と大絶賛だったので間違いないかと。甘味のことだけは信頼できる男なので」

「甘味だけなの？　お友達なのに」

「友人だからこそ、ですよ。あの人は特異な立場にありますから、いざとなれば僕を切り捨てるでしょう。だから、信頼できるところと、そうでないことは分けます」

そう言いつつも、神迎《かみむかえ》の間、真緒のことを預けるくらいなのだ。友人としての恭司のことを、終也は信じているのだろう。

それに、いつも優しくて、穏やかであろうとする終也が悪態をつくのは、恭司が相手のときくらいだ。そのことが、逆に心を許している証《あかし》だと思った。

「恭司様の、お家は無くなったんだよね。……それって」

帝の機嫌を損ねて亡《そこ》ぼされた、と恭司は語っていた。ずいぶん昔の話ではあるようだが、それ以来、彼の人生には多くの枷《かせ》があったのではないか。

そもそも、宮中で帝に仕えていることも異様なのだ。

「本当は、二十年ほど前、あの人は自由になっても許されるはずだったんです。恭司や六《む》久野《くの》の生き残りに対して、帝が人質として囲っていた六久野の姫君は、亡くなりました。帝にとって最後の子――末の皇子となるはずだった、腹の赤子もろとも、ね」

恭司の家は亡ぼされ、故郷も失われた。人質がいなくなったならば、帝に従う理由もない、と終也は語る。

だが、今もなお恭司は宮中に出仕し、帝の近くに留められている。

「恭司様は、たぶん情の深い人なんだと思うの」

真緒は思う。憎しみとて、やはり情のひとつだ。従う理由がなくなった今も、帝のもとに在るならば、特別な感情があるのだろう。

「神在の人間は、大なり小なり、そういうところがあると思います。たぶん、神の血が流れているからなのでしょうね。神様は、人間の営《いとな》みの外にあるものですから、人間よりも少しだけ、愛が重たい」

真緒は返事に困って、そっと目を伏せた。

神様は、自分たちと共に生きている、と真緒は思っている。

十織家が所有する十番様が、遠い昔に恋した機織《はたおり》の末裔《まつえい》――終也たちを、いまも愛して、糸を授けてくれるように。

　だが、神在として生まれ、神在として生きてきた終也は、真緒の知らない神様の恐ろしさを味わっているのかもしれない。

「終也も、そうなの？」

「君には、いまいち伝わっていないみたいですけどね。言ったでしょう？　君に繋《つな》がる糸が、すべて僕に結ばれていれば良いのに、と。君の縁《えん》が、ぜんぶ僕と結ばれていますように、と願っています」

　縁。それは十織家を象徴するものでもあった。十番様は、縁を結び、縁を切ることのできる神様なのだから。

「その人には、その人にだけ与えられた縁がある、だっけ？」

　生まれながらにして与えられた、当人の行く末に絡みつく糸があるのだ。

「ええ。運命、と言い換えても良いと思います。必ず、そうなるように結ばれたもの。……だから、僕たち十織の力は、運命を捻《ね》じ曲げる力なのです。縁を結ぶにしても、切るにしても、あらかじめ定められていたものを歪めるのですから」

　真緒の脳裏《のうり》に浮かんだのは、すべての神は悪しきものを封じるために生まれた、という話だった。

急に視界が開けたような気がした。今まで聞かされてきた神と悪しきものの関係が、ここに来てようやく腑《ふ》に落ちたのだ。

「神様の力を借りて、運命を捻じ曲げなくてはいけなかった？　そうしないと、此《こ》の国は亡んでしまうから」

悪しきものを封じ、国を守るために神がいる。つまり、悪しきものを封じる神がいなければ、此の国は亡びる運命にあった。

亡びる運命を、ずっと神様によって歪めてきたのが、此の国なのだ。

「恭司は、本当にいろいろ教えてくれたみたいですね」

「わたしが知りたかったの」

何も知らないままでは、すべて終也に背負わせてしまう。

真緒という名には、糸口、始まりの意味が込められている。結び目、終わりを意味する終也と二人そろって完璧《かんぺき》で、満ち足りたものになる名だった。

そうなるように、終也が贈ってくれた名前だ。

ならば、幸も不幸も、喜びも苦しみも、片方だけが背負うのは間違っている。

「十織に限った話ではなく、一番目から百番目までの神々の持つ力とは、多かれ少なかれ、定められたものを歪める力です。亡びの運命を避けるために、人は神を所有したのですから。……まあ、今も、その力が正しい形で使われているかは、なんとも言えないところですけど。私利私欲のために使っている部分もあるでしょう」

終也は苦笑いする。

真緒は幽閉《ゆうへい》されていた機織だった。外の世界を知らず、閉じ込められていた街の様子さえも分からなかった。

神在《かみあり》が背負うべきものを知らぬまま、神在の一族に迎えられた。

「終也は、わたしで良かったの？」

「……？　君でないならば、僕は誰も望みません。知っているでしょう？」

終也のことが好きだ。まだ恋を知らずとも、真緒がいちばん大切にして、いちばん愛しているのは彼だ、と胸を張ることはできる。

だからこそ、真緒は自問してしまう。終也のことを知れば知るほど、自分が彼の花嫁としてふさわしいのか、と。

「ずっと一緒にいたいの、終也を独りにしたくない。……でも、わたし、きっと神在の奥さんとしては、ダメなんだと思う。十織の、神様の血を繋ぐなら、もっとふさわしい人がいる」

「真緒」

咎《とが》めるように、名を呼ばれる。真緒はゆるりと首を横に振って、それから射貫《いぬ》くように終也のことを見つめた。

「でも、終也の隣には、わたしだけが良いの。今日みたいに楽しいことも、苦しくてつらいことも分け合って、背負っていきたい。──だから、終也のこと、もっと教えてね。わたしが、ずっと終也と一緒にいられるように」

嫁《とつ》いだ頃は、終也が迎えに来てくれて、一緒にいられるだけで幸せだった。

だが、それだけでは足りない。真緒は努力しなければならない。ただ与えられるだけではなく、彼と一緒に生きてゆくために力を尽くしたい。

「わたしは、もう名無しの機織じゃないよ。終也の機織さんなの。一緒に生きてゆくのに、仲間はずれは寂しいよ。ふたりで、もっと幸せになろうね」

新雪のように真っ白な頬《ほお》が、ほんのり色づく。照れている顔を隠すように、終也は両手で顔を覆《おお》ってしまう。

「君は、僕をこれ以上幸せにして、どうするつもりですか？」

終也は何かを堪《こら》えるように、小さく呻《うめ》き声をあげた。

甘味処を出て、最後に二人が訪れたのは、終也が通っていた学舎《まなびや》だった。

街の一郭を、ぐるりと塀《へい》で囲っている土地だ。

塀の内側に入るための門は一か所しかなく、見上げるほど背の高い門からは、いくつもの木造の建物が立ち並んでいる様子が見える。

年齢によって過ごした場所は違うらしいが、十年間、終也はここで生きていたのだ。

塀に囲まれているせいか、最初、真緒は牢獄《ろうごく》のように思ってしまった。真緒の幽閉されていた平屋を想起させるからかもしれない。

「牢獄みたい、と思いましたか？」

「分かるの？」

「君は素直なので、顔を見たら分かります。でも、牢獄ではありませんでしたよ。どちらかと言えば、ここは僕を守ってくれる場所でした」

真緒の手を引いて、終也は門を通り抜ける。

守衛のような人間がいたものの、終也があらかじめ話を通してくれたのか、少しの手続きで中に入ることは許された。

「今日は休みなので、あまり人はいないと思います。通いの者は、わざわざ休みの日までこちらに来ないでしょうし、寄宿舎の人間は外で羽を伸ばしているでしょうから」

終也の言うとおり、あまり人気《ひとけ》はなかった。

ただ、ちょうど通り過ぎようとした建物から、きゃらきゃらと笑う子どもの声がした。かなり幼い声だったので、驚いて、真緒は振り返る。

「小さい子たちもいるんだ」

「人数はそう多くないと思いますけれどね。いちおう、小さい子たちもいます。それくらいの子たちは、さすがに一人で街を歩かせるわけにはいかないので。きっと、誰かが面倒を見ているのでしょう」

「終也も、昔はそうだった？」

たしか、彼が帝都に送られたのは、五歳の頃だったはずだ。

「ええ。ここはいろいろな事情を抱えた人が集まります。教育のために通う人間もいれば、僕のように理由あって家にいられない者もいる。もちろん、僕みたいな神在は、ほとんどいないでしょうけれど」

「お家で教育を受けるから？」

「そのとおりです。教養や学問とは別に、その家々にとって特別に教えなければならないこともありますし、神の血を余所《よそ》に出すことにも抵抗があるのです。いまの時代は、帝の神在嫌いもあって、なおさらでしょうね」

終也は、ここでも孤独を感じていたのだろうか。

学舎で苦楽をともにした同級生は、恭司を除けば、ただの人間だっただろう。

神の血を一滴も引かぬ人々のなかで過ごすほど、先祖返り《せんぞがえ》りとして生まれた自分のことを、強く意識したのではないか。

真緒は歩きながら、あちらこちらの場所に、むかしの終也を想像してみる。真緒の知らない終也の十年間が、この場所には詰まっている。

「終也は、ここにいたとき、つらかった？」

「どちらかといえば、ほっとしていました。ここにいる間は、僕は母様の目から離れることができたので」

「そっか。終也にとっては、悪い時間じゃなかったんだね」

「ええ。恭司には引き籠《こ》もりなんて言われましたけど、あの人をはじめとした友人もいましたし、学ぶことは面白かった。お気に入りの庭も、古書店もあって、……父のように気にかけてくれる家族もいました。あの人が生きているときは、あまりそのことを分かっていませんでしたが」

いまは亡き十織家の先代は、終也のことを本当に良く気にかけてくれたという。

「先代様のこと、みんな好きだよね。志津香も綜志郎《そうしろう》も、薫子《かおるこ》様も。いろんな話をしてくれるから、わたしも大好きになったの」

「生きていたら、きっと君のことも可愛《かわい》がってくれましたよ。帝都にいたときの僕は、恵まれていたんだと思います。でも、そんな風に振り返ることができるのは、君と出逢《であ》ったからです。今が幸せだから、過去のことを正しく振り返ることができる」

「わたし?」

「君は、自分が十織家にふさわしくない、と言いましたね。でもね、君がいるから、僕は立っていられるんです。君に優しいものをあげたい、いつまでも幸せな夢を見せてあげたいから、十織家の当主として正しく在りたい、と思います」

終也は膝を折って、繋《つな》がれた手を額に引き寄せた。まるで、繋がれた手が離れぬことを祈るように。

「忘れないで。君がいなければ、僕は幸せになれないことを」

秋の日差しが、終也の美しい顔を照らしている。長い睫毛《まつげ》に縁取られた瞳に、いつまでも真緒の姿を映してほしかった。

真緒とて、終也なしでは幸せになれない。

真緒が応えようとした、そのときのことだった。

少し離れた場所から、何かが崩れるような轟音《ごうおん》が響く。

振り返ったとき、最初に目に入ったのは赤い炎だった。真緒たちが通り過ぎてきた、小さな子どもたちがいた建物のあたりだ。

「火事、でしょうか？」

終也のつぶやきに、真緒は首を横に振った。終也の目には、もしかしたら、ただの火事に見えているのかもしれない。

「火事じゃない。だって」

「真緒？」

真緒の目には、揺れる炎の向こうに、とても悪いものが見えた。炎の姿をしているだけで、それが恐ろしいものだ、と正しく理解できた。

「行かなくちゃ」

言葉は、真緒の意志ではなく、何かに強制されるように溢《あふ》れた。身体《からだ》中の血が騒ぐように、指先から髪の一本まで、ぴりぴりと痺《しび》れるような感覚に襲われる。

あれを何とかしなくてはいけない、と本能が叫んでいるのだ。

真緒の脳裏《のうり》を過《よぎ》ったのは、恭司との会話だった。

――饅頭《まんじゅう》の皮が破れてしまったのだ。破けた場所から零《こぼ》れるものは、悪《あ》しきもの、と決まっている。

「あれが何なのか、君の目には見えているのですね」

「終也は、悪しきものに出逢ったことがある？」

それだけで、終也はすべてを察したらしい。

「いいえ。幸運なことに、一度たりとも。十織は魔除《まよ》けの家でもあるから、僕が出逢ってしまうことが異常なんですよ。逃げましょう、僕たちに祓えるものではありません」

「……さっき、小さな子たちがいた」

ここにいる人間は、様々な事情を抱えている。かつての終也のように、家から出されて、預けられている子どもだっているだろう。

「君の優しいところは大好きですけど、こういうときは憎らしくもありますね。立ち向かう術《すべ》もないのに、行くのですか？」

「立ち向かうことはできなくても、一緒に逃げることはできるよね。……わたし、むかしの終也が逃げ遅れていたら、きっと助けにいくよ。でも、その子たちには誰もいないのかもしれない」

幼い子どもたちの笑い声が、小さな男の子のものにすり替わった。真緒の知らない昔の終也が、炎のなかで泣いている気がした。

真緒は、小さな頃の終也を抱きしめてあげることはできない。

だが、もし過去に遡《さかのぼ》れるのならば、小さな終也のことを抱きしめてあげたい、といつも思っている。

「無理はしません。僕たちの手はふたつずつしかないのですから、救えるものだって限られてくる。何よりも自分の命を優先してください。それが約束できるのならば、一緒に行きます」

「ありがと」

「礼は要りません。ぜんぶ、一緒に背負うのでしょう？　なら、君の望みは僕の望みになります」

終也はそう言って、繋いだ手に力を込めてくれた。それだけで、真緒の胸には、何の恐怖もなかった。


歩いてきた道を引き返せば、やはり火の手があがっていたのは、小さな子どもたちがいた建物だった。

子どもたちの泣き声が、あたりに響いている。

世話係とおぼしき年配の女性が、悲痛な顔で立ち尽くしていた。

「子どもを連れて、はやく逃げてください。火の手がまわる前に」

終也の声に、女性は青ざめた顔をしたまま唇を震わせる。

「中に。中に、まだ一人いるんです！　逃げ遅れてしまった子が」

喉《のど》から絞《しぼ》り出したような、か細い声だった。周りにいる子どもたちを連れて逃げなくては、と思う一方で、取り残された子を見捨てられずにいる。

「わたしたちが連れてきます」

真緒は建物を見据える。あちらこちらで火の手はあがっているが、まだ中に入ることはできそうだった。

「……っ、お願いします！」

女性はためらいを振り切るように、子どもたちを連れて、門へと向かった。その背を見送るよりも先に、真緒たちは建物に飛び込んだ。

建物の内部には、異様な光景が広がっていた。

あちらこちらで赤い炎が揺れているが、不思議と煙があがっていない。焼け付くような熱さを感じることもなかった。

やはり、これは普通の火事ではないのだ。

板張りの廊下《ろうか》を駆けていくなか、真緒の目が捉えたのは小さな人影だった。

天井の一部が剝《は》がれ落ちた部屋で、男の子が泣きわめいていた。落下した天井に巻き込まれたのか、身動きがとれなくなっている。

「誰？」

真緒たちの姿に、少年はしゃくり上げながら言う。

真緒はかがみ込んで、安心させるように少年と目線を合わせる。その隙《すき》に、落ちた天井板を、ひとつひとつ、終也が除けていった。

「……っ、痛い」

血を吐くような訴えに、真緒は手を伸ばして、男の子の上半身を抱きしめた。小さな背を撫《な》でてあげると、脂汗《あぶらあせ》を滲《にじ》ませながら、彼は泣きじゃくった。

天井板で下敷きになっていた少年の足が、ようやく自由になる。

折れた天井板が刺さったのか、真っ赤に染まった足が痛々しかった。とても歩けるような状態ではなかった。

「僕が抱えます」

少年に向かって、終也が手を伸ばしたときのことだった。

部屋になだれ込んできたのは、生き物のように揺らめく炎だった。巨大な蛇が動くように、炎はうねり、建物を蹂躙《じゅうりん》した。

「真緒！」

真緒たちの近くにあった壁が崩れて、折れた柱とともに雪崩《なだれ》のように流れてくる。追い打ちをかけるようにして、かろうじて残っていた天井板が剝がれ落ちた。

咄嗟《とっさ》に、真緒は少年を守るように覆《おお》い被《かぶ》さった。

全身の痛みを覚悟して、かたく目を瞑《つむ》っていた真緒は、抱きかかえていた子どもごと床に押しつけられた。

ただ、押しつけられただけで、いつまで経っても痛みが襲ってこない。

何かが、ぽたり、と真緒の頰《ほお》に、手に、雨のように滴《したた》り落ちた。

それが雨ではないことに気づいたのは、温かくて、どこか生々しい鉄の香りがしたからだった。

「終也？」

真緒たちを守るように、終也が覆い被さっている。

崩れた建物の残骸《ざんがい》が当たったのか、終也の額や頰は抉《えぐ》れていた。傷口から溢れた血が、終也の顔を赤く染めている。

きっと、真緒からは見えない場所にも大怪我《おおけが》を負っている。

崩れた建物に埋もれてしまったのか、あたりは薄闇に包まれていた。子どもは身動きもせず、引きつれたように啜《すす》り泣く。

「怪我は？」

「……終也が」

「もう少しだけ、我慢できますか？」

終也の姿かたちが、その輪郭《りんかく》が揺らいでいた。

ぱき、ぱき、と骨が折れるような音がした。血だらけの顔はひび割れて、外側から剝がれてゆくように、彼の姿は変化してゆく。

彼の背から突き出したのは、八本の人ならざる脚だった。真っ黒なそれは、まるで真緒たちを守る傘のように下りてくる。

肉体や精神の不調によって、終也は人間の姿をとれなくなる。当然、大怪我を負えば、大蜘蛛《おおぐも》の姿になる。

違う。もしかしたら、わざと、そうなったのかもしれない。

埋もれた場所から抜け出すために、四本の手足では足りなかった。真緒たちを助けるために、やむを得ず、人の姿を捨てたのだ。

轟音《ごうおん》とともに、薄闇に覆われていた視界が晴れる。

揺れる炎のなか、ぼろぼろになった終也に手を伸ばそうとしたとき、真緒の腕のなかで悲鳴があがった。

「化け物」

ようやく助かる、と思った子どもが、突然あらわれた大蜘蛛に何を思うかなど、世間知らずの真緒にも分かった。

真緒は、終也が美しいことを知っている。だが、その姿を受け入れることができず、拒《こば》んでしまった人のことも知っているのだ。

終也の母——薫子がそうであったように、多くの者が、終也を拒絶する。

少年は腕を振りまわして、真緒の腕から逃れた。そのまま崩れた建物の欠片《かけら》を摑《つか》むと、思いきり振り下ろそうとした。

その先にいるのは、脚のひしゃげた大蜘蛛だった。

終也を庇《かば》うように、真緒は身体《からだ》を前に出した。

額に鋭い痛みが走って、真緒は倒れ込む。

真緒が終也を庇ったことに、少年は裏切られたような顔をした。少年は足を引きずりながら、這《は》いずるように離れてゆく。

怪我が痛むだろうに、痛みよりも、終也の姿が恐ろしいのだ。

「だめ。逃げよう、ここにいたら死んじゃうから」

上半身を起こして、真緒は何とか声をあげる。

あちらこちらで炎の赤が揺れていた。ただの炎ではないことを知っているから、今すぐ終也と少年を連れて逃げなくてはならない。

きっと、悪《あ》しきものは、ただの火事よりも惨《むご》たらしい悲劇が引き起こす。


そのとき、炎を裂くように一本の矢が宙を駆けた。


最初、それが矢であるとは思えなかった。

恐ろしいほどの速度で駆けた矢は、真緒の知っている姿ではなかった。先端に鏃《やじり》が、反対側に羽根があるようなものではない。

真っ赤な光によって形作られた矢だ。

光の矢は巨大な炎を貫くと、炎とともに形を無くし、空中で霧散《むさん》する。

続いて、二射目が放たれる。

同じように炎を貫きながら、まるで旋回するように、ぐるり、とあたりを走った。悪しきものの顕《あらわ》れたる炎をなぎ払うよう、宙を駆けた矢は消えていく。

あれほど恐ろしい炎の群れが、たった二本の矢によって祓われてしまった。

炎が消えて、あたりには子どもの泣き声だけが響く。

こつり、と沓《くつ》の音がする。一歩、一歩と近づいてくる男の右目には、大蜘蛛となった終也と、力なく座り込んだ真緒が映っていた。

「なぜ逃げなかった？」

七伏智弦《ななふしちづる》。

七番目の神を有する神在《かみあり》、邪気祓《じゃきばら》いの家の当主だ。恭司のところで出逢《であ》った人は、まるで子どものように首を傾《かし》げた。

「普通の炎と、思わなかったんです。だから、行かなくちゃって」

炎を見たとき、自然と言葉は溢《あふ》れた。自分の非力さを知っていながらも、そこに行かなくてはならない、と思ってしまったのだ。

真緒の意志ではなく、まるで本能に引きずられるように。

「あなたは、本当に、御当主の妹なのか？」

そう言われて、はじめて真緒は気づく。智弦が、真緒のことを終也の妻ではなく、終也の妹――志津香と勘違いしていたことを。

「妻です。だから、十織の人間で」

智弦の顔が驚きに染まった。

十織家に年頃の娘がいることは知っていたが、おそらく志津香の名前までは知らなかったのだろう。だから、十織真緒と名乗った真緒のことを、当主の妹である志津香と思い込んだ。

「妻？　そこにいる御当主の？」

「終也だって分かるんですか？」

あの子どもと同じように、化け物、と思わないのか。

「分かる。俺の目は、神様に貰《もら》った特別なものだから」

真緒の脳裏《のうり》に、いっそ残酷《ざんこく》なほど鮮やかに、知らないはずの声が響いた。幼い頃、同じようなことを言った人がいた。

『お前の目は特別だから、きっと冬の天《あま》の川《がわ》も見えるだろう』

冬の天の川は、夏に比べると淡い輝きとなる。だから、それを肉眼で捉えて、つぶさに見ることのできる真緒の目は特別なのだ、と。

痛みを訴えるほどに、喉《のど》が渇《かわ》く。これから智弦が口にする言葉が、真緒の幸せな生活を壊してしまう予感がした。

「先日、俺は都合の良い幻を見たと思ったが、幻ではなかったらしい。そもそも、俺の目が間違うはずがないのに。……そうか、お前は十織の血を引く娘ではないのか」

智弦は一言、一言を噛《か》みしめるように言った。眼帯に覆われていない右目には、薄い涙の膜《まく》が張って、きらきらと輝いていた。

「ずっと探していた。ともに帰ろう、香矢《かや》」

それは、智弦が探している、行方《ゆくえ》知らずとなった許嫁《いいなずけ》の名前だった。まるで宝物のように、彼はその名を口にした。

「……違い、ます。だって、わたしは」

十織真緒だ。終也に名付けてもらった日から、名無しの機織は真緒となった。

「この火事が、ただの火事ではないと見抜いたから、ここにいるのだろう？　俺と同じ目を持っているから、まことの姿を捉えることができた」

真緒の目は特別だった。見るだけで、それが何であるのか、どのように成り立っているか、本能的に理解してしまう。

この目は、あらゆるものの本質を映している、と真緒は考えていた。

どうして、一度たりとも想像したことがなかったのだろう。この目が、神の血に由来するから、特別な目なのだ、と。

「わたしを産んだ人は、花絲にある商家の生まれで。あなたたちのいう神無《かみなし》です。わたしは神様の血なんて引いてない」

「父は？」

真緒は声を詰まらせた。母親の顔さえ憶えていない真緒は、当然のように、父親が誰であるのか知らなかった。

この身に、神の血が流れていたとしても、否定できない。

「わたしは十織真緒です。十織家の、人間で」

「違うな。七伏香矢、俺の従妹《いとこ》。ずっと探していた許嫁だろう？」

智弦の表情には一切の迷いがなかった。どれだけ真緒が否定したところで、彼はもう確信している。

いくら言葉を重ねても、智弦が揺らぐことはないだろう。

「十織の御当主は、ずいぶん重傷のようだ。そもそも、あの姿で街に出てしまえば、俺はともかく帝都の民は勘違いする。悪しきものの顕れ、と」

あの子どものように、と智弦は言う。

智弦が何を求めているのか、察しの悪い真緒にも理解できてしまった。

一刻も早く、終也を安全な場所に移して、傷の手当てをしなくてはならない。足を怪我《けが》している少年だって同じだった。

（わたしが終也を巻き込んだ。わがままを言って）

そのうえ、この場で彼を助けることができるのは、真緒ではなかった。

「終也と、あの男の子を助けてください。誰にも襲われない安全な場所で、傷の手当てをしてください。それができるのなら、今は、あなたについていきます」

「嫌な言い方をする、まるで俺が脅《おど》しているようだ。子どもはともかく、十織の御当主など置き去りにして、お前だけ無理に連れていくこともできるが」

「あなたは、それをしません。そうでしょう？　邪気祓いの人たちは真っ直ぐだって聞きました」

だから、真緒の頼みを断ることはないはずだ。

智弦は溜息とともに、真緒に手を差し出してきた。

終也が身じろぎをする。声も出せないほどの激痛だろうに、真緒を引き留めるように、真緒の小指に糸を絡みつかせる。

「終也、ごめんね。ちょっとだけ離れちゃうのを許して」

真緒は、彼の糸を摑んでから、迷いを振り払うように手放した。代わりに、八つ並んだ終也の目のひとつに口づける。

「わたしも、わたしの糸の先が、ぜんぶ終也であったら良いなって思っているよ。そうであるように努力するから。……だから、また糸を結んでね」

幽閉《ゆうへい》されていた少女を、約束どおり迎えにきて、名前をつけてくれた人がいた。だから、真緒はいつだって信じることができる。

何処《どこ》にいたって、きっと、終也は迎えに来てくれる。

真緒もまた、待っているだけではなく、終也のもとに帰るための努力をしよう。

「別れは良いのか？」

「良いの、お別れじゃないから」

真緒は額から流れる血をぬぐった。取り乱していた心が、不思議なほどに凪《な》いでゆくのが分かった。

智弦の手をとったときには、もう真緒の心は決まっていた。

「いってきます」

真緒はつぶやく。終也には届かなかったかもしれないが、それでも良かった。いってきます、と言ったのだから、必ず帰るのだ。真緒の帰りたい場所は、憶えてもいない生まれ故郷ではない。

（終也を独りにしない。ぜったいに置き去りにしたりしないって、決めたから）

真緒の帰る場所は終也のもとだった。
二人で生きてゆくと決めているのだ。

四.

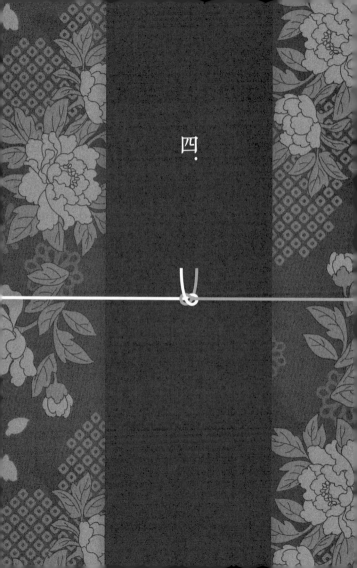

ている。

七番様《ななばんさま》を有する神在《かみあり》の一族、七伏《ななふし》。

邪気祓《じゃきばら》いを生業《なりわい》とする神在のひとつであり、彼らの暮らす土地は《払暁《ふつぎょう》の森》と呼ばれている。

その地に向かうため、真緒《まお》は智弦《ちづる》に連れられて、帝都《ていと》発の鉄道に乗り込んだ。

当然だが、鉄道の行き先は花絲《はないと》や京《みやこ》とは別の方角で、大きな歓楽街で降車した頃には夜になっていた。

夜更けの移動は危険だから、と、智弦はそのまま街に一泊すると言った。

カーテン越しに、まばゆい朝日が差し込んでいた。一人きりの部屋のなかで、真緒は寝台のうえで息をつく。

（……眠れなかった）

朝になったから、これから街を抜けて、七伏の領地に向かうのだろう。

今までの道中で、智弦に荒っぽい様子はなかった。

移動中も、ずっと気を遣われていた。智弦一人ならば、夜通し移動することもできただろうに、真緒のために一泊し、当然のように宿の部屋も分けてくれた。

あまりにも丁重にあつかわれるから、かえって居心地が悪い。乱暴に連れていかれた方が、気持ちは楽だっただろう。

智弦のまなざしには敵意がなかった。まるで親しい家族に向けるような、優しいまなざしを向けてくるから、素直に受け止めることができなかった。

香矢《かや》。焦がれるように呼ばれた名前が、頭のなかで反響する。

「ここは、七伏の土地じゃないんですよね？」

宿をあとにして、智弦とともに街を歩く。

昨夜、鉄道から降りたとき、この街は夜とは思えぬほど明るかった。建物という建物には明かりが灯って、日中の帝都並みに人々が行き交っていたのだ。

しかし、朝を迎えたら、がらりと様子が変わっていた。街は静けさに包まれて、まるで今から眠りにつくようだ。

「登美岡《とみおか》……十三番目の神を有する家の領地だな。昔から、七伏とは関係が深いんだ。うちの領地には、この街を抜けないと入れないようになっている」

「関係が深い？」

「持ちつ持たれつ、ということだ。うちの領地は、ほとんど一族だけで暮らしているから、物資の面で恩恵を受けている。あとは外に出るための交通網《こうつうもう》も、な。その代わり、この街には一族の者が常駐している。悪しきものが顕《あらわ》れたとき、真っ先に祓うために」

悪しきものは、此《こ》の国のあらゆる場所に顕《あ》れる。

智弦たちは邪気祓いなので、領地に籠《こ》もっているわけにはいかないのだろう。領地を拠点とし、各地を転々としているのだ。

そのために、この街のように交通網が発達した土地を中継している。

思えば、十織《とおり》家とて、他家との関わりを持っているという面では同じだった。真緒が知らなかっただけで、あちらこちらで家同士の付き合いはある。

(七伏と十織も、もしかしたら付き合いがある?)

十織家が織りあげている魔除《まよ》けの反物《たんもの》は、他の神在にも納めていた。取引相手として、七伏が名を連ねていたとしても奇妙ではない。

やがて街を抜けると、そこには深い森が広がっていた。

智弦が、先ほどの街を抜けなければ領地に入れない、と言った意味も分かった。

七伏の領地は、周りを険しい山脈によって囲われていた。山々によって造られた壁により、隔離《かくり》されている森なのだ。

唯一、その壁が取り払われているのが、この街から森へ入る場所だ。

背の高い木々に覆《おお》われた森は、薄暗いものの鬱蒼《うっそう》とした印象は受けない。むしろ自然と背筋が伸びるような、清らかな空気に満たされている。

足場が悪く、とうてい道とは言えない道だったが、智弦は難なく歩く。真緒が足を取られる度《たび》に、手を貸してくれる彼は、この森を知り尽くしているのだ。

「顔の傷は平気か？」

不意に、智弦が手を伸ばしてきた。

ほとんど反射的に、真緒は後ずさった。決して乱暴な手ではなかったが、頭上から振ってくる手に怯《ひる》んでしまう。

終也の手ではないから、受け入れることができなかった。

「もう瘡蓋《かさぶた》になっているから、平気です」

「完全に塞《ふさ》がったわけではない。まだ痛むだろう？」

自分の傷よりも、真緒には気がかりがあった。

「わたしの怪我《けが》は良いんです。終也《しゅうや》は……」

帝都で、智弦が邪気祓いをした直後、真緒は終也と引き離されている。

建物に取り残されていた少年は、すぐに病院まで搬送させたようだが、大蜘蛛《おおぐも》の姿をした終也を、同じようにあつかうわけにはいかない。

「十織の御当主が、心配か？」

「わたしのことよりも、ずっと心配」

真緒はうつむく。自分のことを大切にしてほしい、と終也は言ってくれるが、どうしても、自分よりも彼のことを思ってしまう。

それが、真緒を大事にしてくれる終也を傷つける、と分かっていても。

「十織の御当主は、恭司様《きょうじ》に預けてきた。どうやら近くにいたらしいからな。学友だったのだろう？」

「恭司様が」

六久野《むくの》恭司。たしかに、帝都にいる者の中では、終也を預けるのに最適だ。文句を言いながらも、恭司ならば終也を助けてくれる。

「心配しなくとも、十織の御当主は先祖返《せんぞがえ》りと聞く。人間よりも、よほど神に近い。簡単に死ねるような身体《からだ》ではない。……あの姿を思えば、人の世で生きるには、生きづらいだろうが。昔なら歓迎されたのだろうが、今は神が遠くなっている時代だ」

「生きているなら良かった。ちゃんと終也を助けてくれたんですね」

あのとき、智弦の言葉に嘘はない、と信じていた。

それでも、大怪我を負った終也の姿が、瞼《まぶた》の裏に焼きついて離れなかったから、心配で堪《たま》らなかったのだ。

「……？　香矢との約束は破らない。昔から、そうだったろう？」

香矢じゃない。そう言いたかったのに、何も言えなかった。

智弦のまなざしには、いつも肉親への情があった。

(わたしの家族は、十織の人たちなのに)

真緒にとっては他人でも、智弦の気持ちは違うのだ。ずっと探していた家族として、真っ直ぐに想われていたことを突きつけられる。

「お前との約束を破ったら、きっと七番様に叱《しか》られてしまう。七番様は、お前のことを、いっとう大事に想われているようだから」

七番様。真緒の身には、その神の血が流れているらしい。

幼い頃の真緒は、この森で暮らしていたのだろう。

ろくに憶えていない、断片的にしか残っていない記憶が、影のように纏《まと》わりつく。たしかな形を摑《つか》むことはできない記憶が、どうしてか、懐かしさを呼び起こす。

この森のさらに奥深くにおわす七番様が、真緒のことを待っている気がした。

やがて、智弦は足を止める。

木々を切り開いた中に、木造の館が構えられていた。

門はなく、左右の突出した部分に、それぞれ出入り口がある。茅葺《かやぶ》きの屋根に、ところどころ色濃くなった板壁、何処《どこ》を見ても飾り気がなかった。

この館が、あくまで生活の場として整えられていることが伝わってくる。

（ぜんぜん違う、十織の邸《やしき》と）

十織邸は、花絲の領主としての権威を示すためにも、立派な造りをしている。

七伏は違うのだろう。領地に暮らしている人間は、ほとんどが一族の人間だという。ここまでの道のりを思えば、頻繁《ひんぱん》に来客があるような土地とも思えない。

対外的に権威を示す必要はないから、純粋に、生活するための場所となっている。

「おかえり、香矢」

真緒は唇を引き結んだ。

真緒は、十織真緒だった。たとえ、智弦と自分が従兄妹《いとこ》であり、許嫁《いいなずけ》同士であることが真実だとしても、その少女と自分は別物だ。

「智弦様！」

真緒たちを出迎えたのは、すらりと背の高い女だった。

こざっぱりした黒髪をひとつに結わえて、薄紅《うすべに》の小袖《こそで》に臙脂《えんじ》の袴《はかま》を合わせている。

姿勢が良く、しなやかな身体をした女は、真緒や志津香《しづか》と違って、日常的に身体を動かしているのだろう。

（弓みたいな、人）

彼女を見たとき、どうしてか弓のような人と思った。姿かたちの話ではなく、その在り方が弓のようだ、と。

「あの、香矢様。香矢様が、見つかった、と！」

女はそわそわとした様子で、捲《まく》し立てる。

「少し落ちつけ、香矢が驚くだろう」

智弦が咎《とが》めると、女は慌てて佇まいを正した。短い遣《や》り取《と》りだったが、彼らの関係性が透けて見える。

おそらく、女は智弦に仕える者なのだろう。

「香矢、これは明音《あかね》だ。お前の世話をする」

女は駆け寄ってくると、真緒の前で膝をつく。彼女は胸元で両手を合わせると、思いの丈を堪《こら》えるように、ぎゅっと握りしめる。

涼しげな黒い瞳から、つう、と透明な涙が流れていた。

「香矢様、……っ、ご無事で良かった。生きていらっしゃると信じていたけれども。お辛《つら》い目に遭《あ》っていないか、怖いことに巻き込まれていないか、ずっと、ずっと心配しておりました」

嗚咽《おえつ》する女性は、香矢という少女にとって、親しい相手だったのだろうか。

年の頃は、智弦と同じくらいに見えるので、もしかしたら、幼い頃に世話をしてくれた姉のような人だったのかもしれない。

「気持ちは分かるが、泣くのは後にしてくれ。香矢は怪我をしているから」

「怪我!?　そ、そんな大事なことは、早く言ってください！　ああ、額が！」

彼女は涙で顔をぐしゃぐしゃにしたまま、切なそうに眉《まゆ》をひそめる。まるで雨に濡れた仔犬のような顔だった。

半ば前髪に隠れた傷は、本当に大したものではない。

建物の残骸《ざんがい》を振り下ろしたのは、恐慌状態に陥《おちい》っていた子どもだ。額の皮膚《ひふ》は薄いので、見た目は派手だが、かすり傷のようなものと思っていた。

幽閉《ゆうへい》されていた頃、祖父母や叔母《おば》に振るわれた暴力の方が、よほど容赦《ようしゃ》がなかった。

「ひどい。お顔に、こんな傷を」

大した傷ではないのに、ここまで心配されると心苦しかった。彼女が呼ぶ香矢という名前を、自分のものとは思えないから、なおのこと。

「わたし、香矢じゃなくて」

ようやっと絞《しぼ》り出した声は、思っていたよりも頼りなかった。

「いいえ。あなたは香矢様、あたしたちが守るべき御方です。……あたしのこと、憶えていますか？」

「……ごめんなさい」

明音を傷つけると知りながらも、嘘をつくことはできなかった。彼女は涙を拭《ぬぐ》いながら、小さく肩を震わせる。

「憶えていなくても、仕方ないのでしょうか。ここに香矢様がいたのは、もう十年以上も前の話だから。──お部屋に案内します、疲れたでしょう?」

明音は立ちあがって、真緒を館の中に連れていく。振り返れば、真緒たちの半歩後ろにいる智弦は、何処《どこ》か嬉しそうに、口元を綻《ほころ》ばせている。

七伏の館は、やはり外観から受けた印象と変わらない。飾り気がなく、あくまで生活するための場として整えられている。

入り口からすぐは、広々とした土間になっていた。囲炉裏《いろり》と竈《かまど》が置かれて、中央には八角形の大黒柱が立っている。

土間からあがると、襖《ふすま》で仕切られた畳《たたみ》敷きの座敷、板張りの部屋等が続く。どの部屋も、最低限の調度品《ちょうどひん》が置かれているだけで、誰かが暮らしている気配が薄かった。

そこで過ごす人が、どのような人間で、何を好むのか、読み取ることができないのだ。

だからこそ、明音が案内してくれた部屋が異質に思えた。

この部屋だけは、生活するための場というよりも、誰かのために特別に造らせたような気がした。

(小さな子どもの部屋みたい)

目についたのは、真緒の腰ほどしかない高さの飾り棚《だな》だった。

ガラスの小箱に仕舞われたおはじき、少し歪《いびつ》な形をした手鞠《てまり》、外《と》つ国《くに》から輸入されたと
おぼしき少女人形は、ここに小さな子どもがいたことを思わせる。

ただ、寂しげに隅に追い遣られた織り機は、子どもに扱えるとは思えない。

この部屋には子どもの他に、その面倒を見る人間もいたのだろうか。

「あなたと、お母様が過ごしていた部屋です」

そう言われても、真緒には実感が湧かなかった。真緒にとって、自分の部屋とは、十織
家にある終也が用意してくれたものだ。

真緒の心情を察したのか、女は寂しげに続ける。

「おかえりなさいませ、香矢様。亡くなった先代様も、お喜びでしょう」

「先代?」

「明音、先走るな。まだ香矢には何も話していない」

「でも。香矢様には、はやく」

はやく思い出してもらわないと、と続くような口ぶりだった。

「気持ちは分かるが、俺たちは戻ったばかりだ。茶でも用意してくれるか？」

「……用意してくれるか、じゃなくて。素直に命じてくだされば良いのに」

明音は苦笑して、ぱたぱたと部屋を出ていった。

「騒がしい女で、すまないな。昨夜、登美岡の街から、お前を連れて帰る、と連絡を入れたんだ。その時から、ずっと楽しみにしていたのだろう」

道中に一泊した歓楽街は、七伏と交流のある神在《かみあり》が治めている。両家には、真緒の知らない独自の連絡手段があって、先に一報を入れていたのだろう。

「さて、何処から話せば良いだろうか？　お前は、きっと何も憶えていないだろうから、すべてか」

智弦は目を伏せて、語りはじめる。

真緒の知らぬ、幼い頃の話を。


七伏香矢。

その少女は、先代——智弦の伯父《おじ》であり、智弦の前に当主を務めていた男の一人娘として生まれたという。

先代は、邪気祓《じゃきばら》いのために移動している最中、通りがかった花絲の街で、ひとりの機織《はたおり》に恋をした。花絲にある商家の跡取り娘で、旅人を装っていた先代に、とても親切にしてくれた娘だったという。

二人は惹《ひ》かれあい、一緒になることを夢見た。先代は、花絲から彼女を連れ帰ると、自分の花嫁として迎えたのだ。

やがて二人の間に生まれたのが、香矢であった。


「七伏の人間は、邪気祓いのために国の各地を回っている。先代は、目的地に向かう最中、花絲に立ち寄ったことがあった。そこで気立ての良い、機織り上手《じょうず》の娘に出逢《であ》う」

それらは、真緒が知っている情報と重なる。

真緒の母は、花絲を訪れた旅人と恋に落ちて、跡取り娘でありながら家を捨て、故郷から出奔《しゅっぽん》したのだ。祖父母たちも知らなかったのだろうが、その旅人はただの旅人ではなく、邪気祓いのために各地を回る神在だった。

顔も知らぬ母の話を聞く度《たび》に、真緒はいつも思っていた。

母にとっての恋は、きっと何を捨てても、何を失っても、傍にいたいと思う気持ちだったのだ、と。

家も、故郷も、何もかも捨てて、母は恋しい相手の手をとった。

「とても幸せそうだった。仲睦《なかむつ》まじく、良い夫婦だった」

智弦が語っているのは、とうに失われた過去の出来事だった。彼らの幸せが長く続かなかったことは、真緒の幽閉生活が証明している。

「あるとき、先代が邪気祓いで死んだ。とても立派な最期だった。だが、お前の母は、それを受け入れることができなかった」

「母様は、わたしを連れて、七伏から出ていったんですね」

行方《ゆくえ》不明になった当時、香矢という少女は幼かった。たった一人で、七伏の森を抜けることができるとは思えない。

「ああ。しばらく母子ふたりで暮らしていたようだが、それも長くは続かなかったようだ。その後、ふたりの行方は、どれほど探しても分からなかった」

最終的に、母は花絲にある生家に真緒を預けて、消息を絶ったのだ。智弦たちが追えたのは、花絲に至る前までだったのだろう。

まして▯、その後の真緒は幽閉されていたから、見つからなかったことも理解できる。

「どうして、香矢を探し続けたんですか?」

十年以上の歳月だ。それだけの月日が流れたのだから、智弦が諦めたとしても、誰も責めることはできない。

見つからない許嫁《いいなずけ》など忘れることが、智弦にとって幸福だったのではないか。

「俺が不甲斐《ふがい》ないばかりに、失ってしまった子だから」

すべての責任が自分にあるような、そんな口ぶりだった。語られる過去には、一切、智弦の非はなかったというのに。

「香矢を取り戻すまでは、死ねない、と思った。俺の可愛《かわい》い、妹のように大事だった子は、今もどこかにいる。きっとつらい思いをしているから、探してやらなければ、と。そう思って生きていた。……ずっと、探していたんだ」

真緒は目を伏せる。

智弦の話を聞いても、やはり真緒には実感がなかった。

七伏香矢。過去の自分は、もう真緒とは別人のように思えてしまう。

ここにいた香矢という少女は、おそらく大事にされていた。智弦や明音の態度からも、十分、そのことは理解できる。

だが、真緒はもう、真緒以外にはなりたくなかった。

「わたしは十織真緒です。十織家の人間で、終也の機織で、お嫁さんだから」

「それは間違いだ」

七伏香矢こそ、真緒の在るべき正しい姿なのだ、と智弦は訴えてくる。

「間違いなんかじゃない。わたしの父が、この家の人だったとしても、わたしの家は十織家だけです。少しだけ意地っ張りで可愛い弟妹と、情の深いお義母様《かあさま》と、優しくて美しい旦那様《だんなさま》のいる、わたしの帰る家」

「……無理に、この家に縛《しば》りつけることだってできる」

「あなたは、それをしないでしょう？　だって、ずっと探してくれていたのは、わたしを痛めつけるためじゃないから」

真緒の目は、あらゆるものの本質を映すから、智弦がそういった手段をとらないことは分かる。

終也を助けるために、智弦の手をとったときも同じだ。智弦ならば、誠実な対応をしてくれる、と分かったのだ。

「ここで過ごせば、いずれ分かるだろう。自分が香矢であることが」

「もう分かっています、わたしは十織真緒だって」

平屋の暗がりで、終也と出逢った夜から、すべてが始まった。

機織の腕を褒《ほ》めて、いつか名前をつけてあげる、と約束してくれた男の子がいたから、今の真緒がいるのだ。

（わたしは真緒。終也にそう名付けてもらって、生まれたから）

香矢という名前で呼ばれていた少女は、その名を失った。名を失い、名無しとなった少女は、終也に名付けられることで生まれ直したのだ。

真緒にとって、香矢はもう知らない女の子だ。

智弦は溜息をついて、それから前髪をぐしゃぐしゃにかきあげる。彼は悲しげな様子で、眼帯に覆《おお》われていない右目を揺らした。

「憶えていないと知っていても、お前に、そんな風に拒《こば》まれるのは悲しい。……もう、昔みたいに接してはくれないのか？　兄様、兄様、と、いつも笑って、楽しそうに話していた娘に、他人行儀《たにんぎょうぎ》にされるのは、思っていたよりも堪《こた》える」

「昔は、そう呼んでいたんですか？」

「俺とお前は従兄妹だが、実の兄妹のように過ごしていた。だから、できれば昔のように。家族のように話したいと思う」

「……家族のようには、難しいけれど。気をつけるね」

智弦の声には、懇願《こんがん》するような響きがあった。だから、彼の言っていることを、すべて撥《は》ね除《の》けることはできなかった。

「明音にも、そうしてやってくれ。俺と同じで、あれもずっと、お前のことを心配していたから。本当の姉のように、な」

智弦は寂しそうに笑う。

お茶を用意していた明音が戻るまで、二人は黙り込んだままだった。

◇◆◇◆◇

翌日になって、真緒は案内された部屋を見渡した。

幼い頃の真緒――香矢という少女が、母と一緒に暮らしていた部屋は、住人たちが消えてから、そのまま時を止めてしまったかのようだ。

隅に置かれた織り機を撫《な》でる。おそらく、真緒を産んだ人が使っていたであろう、織り機を。

どうしても、十織邸にある織り機たちを思い出した。

花絲の街を出てから十日も経っていないのに、とても遠くに来てしまった。

本当ならば、今頃、終也と一緒に花絲に帰っていただろう。十織家にある工房で、いつものように織る日々があったはずだ。

（十織の家に帰る。そのために、七伏の人たちと、ちゃんと話さないと）

ここから逃げ出したとしても、根本的な解決にはならない。智弦たちに納得してもらったうえで、真緒は十織に帰らなくはいけない。

そのために、香矢という少女が連れ出された経緯と、智弦たちの抱える事情を、正しく理解する必要があった。

（どうして、母様は、ここから出ていったんだろう？）

七伏家の先代であった父が死んでから、母は真緒を連れて行方を暗《くら》ませた。だが、父の死を受け入れられなかったとしても、ここを出ていく理由になるのだろうか。

真緒が七伏の血を引いているのならば、むしろ残るべきだったのではないか。

智弦たちの様子からも、母が邪険に扱われていたとは思えない。七伏家は、きっと母と真緒のことも、一族の人間として大切にしてくれた。

真緒は、織り機をもう一度撫でると、近くにある簞笥《たんす》に手を伸ばす。引き出しを開けると、母が織ったであろう反物《たんもの》や、そこから仕立てたであろう衣が出てくる。

母の織ったものを見るのは、おそらく初めてのことだった。

もしかしたら、真緒を幽閉《ゆうへい》していた家に、母の織った反物もあったのかもしれない。だが、そのことを真緒に教えてくれる人間はいなかったから、真相は分からない。

反物や衣を、次々と引っ張り出しながら、真緒は思う。

（几帳面《きちょうめん》で、すごく生真面目《きまじめ》な人だったのかな）

織り方がとても緻密で、寸分のくるいもない。最初から最後まで、気を抜くことなく、きっちり遣《や》り遂《と》げないと気が済まない人だったのだろう。

（……？　これだけ、織っている途中？）

だからこそ、途中で織るのを止めた反物があることが不思議だった。この反物だけは、何かの柄《がら》を織ろうとして、そのまま放置されていた。

——色とりどりの糸が、丸みを帯びた何かを織り出そうとしている。

真緒の目は特別だから、見るだけで、どのように織られたのか理解できる。

しかし、それはすでに形を成したものに限った話だ。どのような姿になるのか定められていないものを見たところで、完成形が見えるものではない。

「すごいですよね」

突然、頭上から声が降ってきた。智弦と同じで、まったく気配がなかったので、真緒は肩を跳ねさせる。

「明音、様」

智弦の従者は、にこにこと笑いながら、真緒の手元にある反物を覗《のぞ》き込んでいた。彼女は長い足を折りたたむように、真緒の隣に腰を下ろす。

「奥様が織られたもの、とっても綺麗《きれい》でしょう？　花絲生まれの機織は、やっぱり腕が素晴らしいんだなあって思ったものです」

「母は、ここでも織っていたんですね」

かしこまった真緒の態度に、明音は眉《まゆ》を下げる。

「香矢様、昔みたいにお話ししてくれません？　寂しいです、そんな風に他人行儀にされると。昔は、姉様、姉様って、本当のお姉さんみたいに甘えてくれたのに」

昨日、智弦に言われたことと、同じような内容だった。

ただ、智弦のときよりも胸が痛んだのは、彼女が仔犬のようなまなざしをしているからだ。真緒よりも十は年上であろう女性に、そんな風に見つめられると、強く出ることができなかった。

十織家に嫁《とつ》いでからはともかく、幽閉されていた頃の真緒は、いつも冷たいまなざしに晒《さら》されていた。

祖父母や叔母《おば》の目には、真緒を虐《しいた》げようという意志があった。

明音の目には、悪意も蔑《さげす》みもない。ただ、溢《あふ》れんばかりの親愛の情が込められているから、なおさら戸惑ってしまうのだ。

（それに。なんだか、この人は綜志郎《そうしろう》と薫子《かおるこ》様に重なる。だから、悲しい顔をされると、胸がぎゅっとなる）

明音の顔立ちは、何処《どこ》となく綜志郎や薫子を思わせた。彼らと違って、装《よそお》いが簡素で、すらりと背も高いから、すぐには分からなかったのだ。

十織家にいる家族と似ていると思ったら、ますます強く出ることはできなかった。

「明音？」

姉と呼ぶことはできなかった。代わりに、義妹や義弟と同じように、敬称をつけずに名前を呼んでみる。

「はい、明音ですよ」

名を呼ばれただけで、彼女は幸せそうに頰《ほお》を緩《ゆる》めた。

「母様の織ったもの、初めて見たの」

「憶えていないだけですよ。香矢様のためにも、奥様はたくさん織ってましたもの。ねえ、香矢様も織られるんですよね？　十織家で機織りをさせられている、と智弦様から教えてもらいました。きっと、お母様に似たんでしょうね」

「……そうなのかな。憶えていないから、似ているって思ったことなくて」

真緒を幽閉していた人たちは、いつも母親と似ていない、と言った。真緒の顔立ちが、父親譲《ゆず》りのものだったからだ。

思えば、母と似ていない容姿も、真緒を虐げた理由の一つだったのかもしれない。

彼らは、母を悪く言う一方で、母への情も捨てられずにいた。真緒を折檻《せっかん》するとき、母について言及していたのも、それだけ母の存在を意識していたからだ。

憎しみだって情のひとつだ。簡単に割り切れるものではなかったのだろう。

「きっと、ぜんぶ思い出したら、似ているって思うところもたくさんありますよ」

真緒は曖昧《あいまい》に笑う。そんな真緒の様子に気づくことなく、明音は続ける。

「花絲は、織物の街でしょう？　だから、あそこの反物で衣を仕立てると、いつもうっとりするほど綺麗で。昔、よくねだったものです」

「むかし？」

「えと、昔といっても、あたしが本当に小さい頃です。七伏に来るよりも前のこと」

花絲の反物は、基本的に値が張るものが多い。子どもがねだったところで、いくつも買い与えられるものではない。

智弦の従者となった経緯は知らないが、もともと裕福な生まれなのだろうか。

「すごいですよね。あんなに細い糸から、美しいものが織りあがるなんて。奥様が教えてくれたのに、あたし、織物りは上手《じょうず》にできませんでした」

懐かしむように、明音は織り機に触れた。機織のいない館で、使われることのない織り機の手入れをしていたのは、彼女なのかもしれない。

幽閉されていた頃から、母が機織であったことは察していた。そうであったから、真緒は優れた機織であることを求められたのだ。

（母の代わりを、と叔母様たちは言った。本当なら、母は優れた機織として、家を守《も》り立てるはずだったから）

母は、花絲にある商家の跡取り娘だった。花絲は織物の街だから、跡取り娘が優れた機織であることは、家に大切な価値を与えるものの一つだった。

結局、真緒が知っている母のことなど、その程度なのだ。

彼女が機織であったことも、家を守り立てる役目を負っていたことも、本人から直接聞いたわけではない。

彼女が何を想って、どのように生きていたのか、何一つ知らなかった。

「母様は、どんな人だったの？」

「とっても真面目で、愛情深い御方でしたよ。手先も器用だったから、色々教えてくれました。……あたし、機織りはできませんでしたけど、お裁縫《さいほう》なら少しできるようになって。香矢様のために鞠《まり》を作ったんです。小さな女の子が喜ぶものって、鞠くらいしか知らなかったけど、あたしも香矢様に喜んでもらいたくて」

明音は手を伸ばして、棚《たな》に仕舞われていた手鞠をとった。

ところどころ糸が解《ほつ》れた、ぼろぼろの鞠だった。

粗雑にあつかわれたのではない。きっと、この手鞠を片時も離さなかった少女がいたから、このような姿になったのだろう。

「あたし、七伏に来るまで針を持つことは許されなかったから、上手にできなくて、不恰《ぶかっ》好《こう》になっちゃったのに。香矢様は、可愛《かわい》い笑顔で、ありがとうって言ってくれたんです。とても大事にしてくれたから嬉しくて。……どうしても捨てられなかった。あなたに生きて会えるまで」

自分のことではなく、知らない人の話を聞かされているようだった。こんなにも優しく、宝物のように思い出話をする人に、真緒の胸は締めつけられる。

（この人たちは、叔母様たちとは違う。怖い人たちじゃない）

香矢、と知らぬ名前で呼びかける人たちは、恐ろしいほどに優しかった。

たとえ、今の真緒ではなく、生き別れた女の子――香矢という過去を見つめているとしても、向けられている親愛の情は嘘ではないのだ。

「ねえ、香矢様。智弦様は、七伏の御当主として立派に勤めを果たしているんです。むかしも、今も。だから、香矢様と結ばれて、報われてほしいんです」

「どうして、わたしと結ばれることが、報われることになるの？　十年以上探してくれたことも、小さな頃にわたしを大事にしてくれたのも、きっと本当なんだと思う。でも……」

「なら、分かりますよね？　大事にしていた許嫁《いいなずけ》と結ばれるなら、それは喜ばしいことでしょう？　やっと、智弦様が幸せになれるって……」

「今、わたしが七伏に戻っても、十年前に戻れるわけじゃないのに？」

　明音は、弾かれたように顔をあげた。まるで、何を言われたのか理解できない、とでも言うように。

　ためらいながらも、真緒は続ける。

「智弦様も、あなたも。まるで取り零《こぼ》してしまったものを、取り戻そうとしているみたい。そうしたら、ぜんぶ完璧《かんぺき》になるって、何の疵《きず》もなくなるんだって思っている。……十年以上前、わたしが連れ出されたことも、なかったことになるって」

「それは」

「わたしの今までが、ぜんぶ間違いなんだって。何の意味もなかったものだって、言われているみたい」

　幽閉《ゆうへい》されていた頃のことは、とてもつらく、苦しい記憶だ。

　たくさん怖いことをされて、痛いことをされてきた。あの頃の真緒は、虐げられることが当たり前になって、自分がどれだけ怖くて、痛いことをされてきたのかも、まともに理解できなかった。

しかし、それが無意味なものだった、とは思いたくない。

一途《いちず》に織り続けたから、終也に見つけてもらえた。機織としての誇りを持って、彼の隣で胸を張ることができる。

過去はなかったことにならない。あの日々だって、真緒を形作ったものだ。

(でも。……そんな風に言ったら。七伏で過ごした日々も、そうなっちゃうのかな。憶えていないから、わたしのものだって思えないのに)

「間違いだなんて、そんなことは。でも」

「つらく苦しいことも、ぜんぶ今に繋《つな》がるものだよね。ぜんぶ繋がっているから、いまのわたしがいるのに。それを否定されるのは悲しいよ」

「つらく苦しいことなど！　そんなもの、ひとつだって味わわせたくなかった。守ってさしあげたかった、一緒に守ってゆく、と智弦様と決めていたんです！　ずっとここにいてくれたら、あなたに幸せだけを与えられたでしょう?」

明音の両目には薄《うっす》らと涙の膜《まく》が張っている。きつく眉根《まゆね》を寄せる姿に、真緒の胸は締めつけられる。

だが、真緒にも譲《ゆず》れないものがあった。

「ここにいたら、わたしは終也と会えなかった」

七伏香矢では、十織終也と一緒にはなれなかった。名無しの機織であったからこそ、彼に名をつけてもらい、ともに生きられる。

「そんなに！　そんなに、十織が良いんですか」

真緒の両肩を摑《つか》んで、明音は血を吐くように叫ぶ。

「明音。そこまでにしろ」

遮《さえぎ》る声は、智弦のものだった。帝都で出逢《であ》ったときと変わらず、まるで足音がしなかったので、部屋のなかに入ってきたことも気づかなかった。

「智弦様！　でも」

明音を咎《とが》めるよう、智弦は溜息をつく。

「お前の気持ちは分かる。だが、香矢を責めるのは止めてくれ。俺の頼みでも、聞いてはくれないか？」

「どうして、そんなずるい言い方をするんですか。あたしは、あなたの道具ですよ。頼むなんて言わず、ただ命じてくれれば良いのに」

道具。あまりにも乱暴な響きに、真緒はぎょっとした。

だが、それを口にした明音は、卑屈《ひくつ》な表情をしているわけではなかった。確かな情と信頼をもって、自分を智弦の道具と称している。

「お前は、いつもそう言うが。道具ならば、なおのこと大事にするだろう？　長く傍にあるものなのだから」

智弦の方も、明音の口にした言葉を否定するのではなく、その言葉を受け止めたうえで、彼女を尊重しようしていた。

「頭を冷やしてきます」

明音は頭を下げると、足早に去ってゆく。

「悪かった。あれは情の深い女だから」

「聞いていたの？　ぜんぶ」

「ずいぶん、耳に痛いことを言われた。取り零《こぼ》してしまったものを、取り戻そうとしている、と。あの頃、俺が取り零してしまった最たるものが、お前だったから」

「でも、母様が、勝手にわたしのことを連れ出したんだよね？　なら、やっぱり智弦様の責任じゃないと思う」

「いいや、俺の責任だろう。……昨日は言わなかったが、先代が死んだとき、遺体は酷《ひど》い有様だった。人の形など保っていなかったんだ」

真緒は絶句する。智弦は直接的な表現を避けたが、その言葉だけで、どれほど残酷《ざんこく》な遺体だったのか分かってしまう。

当時、遺体と対面したであろう母は、どれほどの衝撃を受けたか。

身も世もなく泣き叫んで、遺体にすがりつく女の姿が、真緒の脳裏《のうり》に浮かぶ。それは真緒の想像なのか、忘れてしまった記憶のかけらなのか。

ただ、母が嘆《なげ》き悲しんでいたことだけは、確かなことだと思った。

「七伏では珍しい話ではない。邪気祓《じゃきばら》いは命がけだから、俺たちは自分の死が惨《むご》たらしいものになる、と理解している。俺だって覚悟している」

智弦はおもむろに、自らの左目のあたりに手を伸ばす。

眼帯に覆《おお》われた場所には、おそらく大きな傷が隠されている。すでに視力もなく、何の光も届かないから、覆い隠しているのだろう。

「智弦様たちと違って。母様には、耐えられなかった？」

「外から嫁《とつ》いできた人だ。夫を亡くして、いつか娘まで同じように惨たらしく死ぬ、と思ったら、耐えられなかったのだろう。俺は、お前を戦いに出すつもりはなかったが、一族には、お前を当主として担《かつ》ぎたい者たちもいた」

そういった者たちは、もう死んでしまったが、と智弦は言う。智弦が誅殺《ちゅうさつ》したのではなく、邪気祓いで死んでいったのだろう。

「俺が、新しい当主として立派であったならば。お前の母は、俺を信じて、七伏に留まったはずだ。だから、お前が連れ出されたのは、俺の責任だろう？」

智弦の理屈は、分かるようで分からなかった。あまりにも自罰的《じばつてき》で、何もかも一人で背負い込もうとしているように見えた。

「智弦様が立派だったとしても、母様は、わたしを連れていったかもしれない。だって、母様が、あなたにそう言ったの？　母様がわたしを連れ出した理由だって、ぜんぶ、あなたの想像でしかない」

顔も覚えていない母親、もしかしたら、とうに死んでいるかもしれない人だ。彼女が何を思って真緒を連れ出したかなど、本人にしか分からない。

「わたしが七伏から連れ出されたことは、本当に、智弦様が背負うべきことなの？」

智弦は自分の力不足に責任を感じて、十年以上もの間、真緒を探し続けた。だが、そもそも責任を感じることが間違っていたのではないか。

「俺が背負うべきことだ。神在《かみあり》に生まれた者として、七伏の当主として、俺は至らなかった。間違ってばかりだから」

「間違ってばかりなの？　大怪我《おおけが》をしてまで、邪気祓いを続けているのに」

彼の左目は、邪気祓いの最中に負傷したのだろう。命懸《いのちが》けで国を守ってきたのに、どうして、至らない、間違ってばかり、と言うのか。

「俺たちは神在る家に生まれた、悪《あ》しきものに立ち向かうための術《すべ》を与えられた。だから、義務がある。――薄氷のうえに立った、すべての人々を守る義務が。ひとつでも取り零してしまったら、正しいとは言えない」

智弦は頑《かたく》なだった。真っ直ぐすぎるほどに。

◇◆◇◆◇

十織終也が目を覚ましたとき、視界に飛び込んできたのは懐かしい天井だった。

（寄宿舎？）

学舎《まなびや》に併設されたその場所は、どの部屋も同じ造りをしている。帝都にいた頃、ずっと暮らしていた建物なので、飽《あ》きるほど目にしてきた天井だ。

背中に感じる寝台の固さも、当時のままだった。

眠るというより、怪我のせいで気を失っていたのか。夢を見ることもなく、終也の意識は暗闇に閉ざされていた。

ただ、真緒の声だけが、頭のなかで反響していた。

『わたしも、わたしの糸の先が、ぜんぶ終也であったら良いなって思っているよ。そうであるように努力するから。……だから、また糸を結んでね』

あのとき、大怪我を負っていたものの、周囲の状況は正しく理解していた。真緒と、七伏家の当主の遣《や》り取《と》りも、はっきり憶えている。

終也を助けるために、真緒は自ら七伏智弦についていったのだ。

「ご気分は？　十織の御当主殿」

寝台を覗《のぞ》き込むように、恭司がこちらを見下ろしていた。くすりと笑う友人を押しのけるよう、終也は上半身を起こした。

「目覚めてすぐ見るのが、あなたの顔なんて最悪ですよ。気分は、ね」

「気分は、ねえ。身体《からだ》は平気ということか？　大怪我だったが」

「腐っても先祖返《せんぞがえ》りですから、そう簡単にはくたばらないようにできていますよ。ただの人間とは違って」

「難儀《なんぎ》なことだな、楽に死ぬこともできないわけだ」

「良いんです。楽に死なないからこそ、真緒のことを守ることができました」

建物に押し潰されたくらいで、終也が死ぬことはない。だが、真緒の場合、どうなるか分からなかった。

「守ることができた、と言うわりに。ずいぶん怖い顔をしている」

「怖い顔？」

終也は首を傾《かし》げる。いま、自分がどのような顔をしているのか分からなかった。

「今にも人を殺しそうだ。いつもどおり笑っているくせに、俺にはそう見える」

鏡でも持ってきてやろうか、と恭司は肩を竦《すく》めた。

「……殺したいくらい、怒っているからでしょうね」

「智弦に？　だが、怒っているのは向こうの方かもしれん。なにせ、ずっと探していた許《いい》嫁《なずけ》が、知らんうちに余所《よそ》の花嫁になっていたのだから」

恭司は寝台近くの椅子《いす》を引くと、乱暴に腰掛けた。背もたれを抱きしめるような、行儀《ぎょうぎ》の悪い座り方だった。

「恭司。あなた、何処《どこ》までの事情を知っているんですか？」

「お前が神迎《かみむかえ》に参じているとき、奥方が智弦と会ったことくらい？」

「聞いていません」

「聞かれなかったからな。お前は、奥方の一挙一動まで監視していないと気が済まないのか？　あいかわらず、ねちっこい男だな」

終也は気持ちを静めるために、細く、息を吐く。

長い付き合いだから、よく分かるのだ。今さら文句を言ったところで、恭司は右から左に聞き流す。

「そもそも、七伏の当主は、どうして真緒を連れていったのですか」

「さっきも言ったとおり、許嫁だからだな。はじめて会ったときは、奥方になんて興味もなかったから気づかなかったんだが。あらためて見ると似ているだろう？」

終也は眉根《まゆね》を寄せる。気を抜いたら、姿が揺らいでしまう気がした。

終也とて、神迎で智弦を見たとき、似ている、と感じたのだ。隻眼《せきがん》ではあったものの、赤い椿《つばき》のまなざしは、真緒との繋《つな》がりを意識させた。

「智弦には、行方《ゆくえ》不明になってしまった許嫁がいた。従兄妹《いとこ》だったらしいから、七伏の一族の娘だ。その女を、あの男は探し続けていたわけだ」

「それが真緒だと？　あの子は僕の花嫁ですよ」

「向こうからしたら、逆だ。自分の許嫁だった娘を横から奪われたわけだ。……まあ、あんな若い娘とは思わなかったが。誰が思う？　当時、片手で数えるくらいの年齢だった小娘を、あの色男がずっと探していたなんて」

七伏智弦の許嫁が消えたのは、少なくとも十年は昔の話だ。真緒が花絲に連れられて、幽閉《ゆうへい》された期間を思えば、それくらいの歳月は流れている。

終也は額に手をあて、苛立《いらだ》ちを誤魔化《ごまか》すように前髪をかきあげた。

「探すでしょう。神在の執着を甘く見ない方が良いかと思います」

「お前のように？」

「あなたも同じでしょう。いつまでも初恋を引きずっている。あなたの大事な姫君――六久野の血を引く御方は、帝《みかど》に嫁《とつ》いだ後、母子ともに亡くなった」

二十年近く前のことだ。腹の子と一緒に、とある妃が亡くなったのは。

末の皇子となるはずだった男児もろとも、彼女は命を落とした。臨月《りんげつ》を迎えた頃で、あと少しで生まれるところだったと聞く。

「引きずるだろうよ、なにせ、子どものとき、ともに翼を奪われた同胞《どうほう》だ。兄妹ではなかったが、血も近かったから親族としての情もある。後にも先にも、あの女だけだな、俺に恋なぞさせるのは」

「……七伏智弦は、真緒に恋をしているのでしょうか？」

「はは、色惚《いろぼ》けも大概《たいがい》にしろ。誰もが、俺やお前みたいに恋にくるっていると思うなよ。――恋などしなくとも婚姻は結べる、血を繋ぐこともできる。むしろ、あの娘は、七伏の女となった方が良い。邪気祓《じゃきばら》いの血筋なんて、いればいるだけ都合が良いのだから」

「恭司」

「なにを怒っている？　お前だって、そうだろう。十織の血を繋ぐなら、あの娘である必要はない。そもそも、お前が娶《めと》るべきは別の女だったはずだ。お前の家にいる、若い女中とか、な。……あれは親戚《しんせき》筋から、何も知らない――何も教えられなかった娘を集めて、お前に当てがうつもりだったのだろう？」

志津香に仕えている女中たちを指しているのだろう。終也の先祖返りとしての怖さを、意図的に隠された娘たちを。

「僕が恋をするのは、真緒だけです。あの子でないならば、誰とも添い遂《と》げるつもりはありません。……僕は、十番様《じゅうばんさま》と同じです。あの御方が、今も僕たちの祖である機織を愛しているように。僕だって、死ぬまであの子を想うでしょう」

終也は先祖返りなのだ。どれだけ人間になりたいと願っても、この身に神の血が流れている限り、神と近い性質を捨てることはできない。

人間のふりをしている、と妹は言った。そのとおりだった。

そして、人間のふりをして生きていけるのは、真緒がいるからと分かっていた。あの子だけが、終也を人の世に繋ぎ留めてくれる。

「夢を見せてあげる、と約束したんです。なら、彼女が死ぬまで、優しい夢を見せてあげることが、僕のするべきことです。だから、迎えにいきます」

「だ、そうだ。説得するのは無理と思った方が良いぞ」

引き戸を開けて、入ってきたのは振袖《ふりそで》姿の女だった。

振袖の身頃《みごろ》や袖で、たくさんの檜扇《ひおうぎ》が躍っている。ずいぶん派手な織紋だったが、しっかり化粧をして、ぴんと背筋を伸ばした女は、振袖に負けていなかった。

「志津香。家のことは」

花絲の街に残っているはずの妹は、ゆっくりと終也に近づいてくる。

「綜志郎がいるでしょう？　たった数日空《あ》けるくらいで、どうにかなるような家にはしていないのよ。兄様と違って、みんな、父様が生きている頃から家のことには関わってきたのだから。ばかにしないでくれる？」

痛烈な台詞《せりふ》だった。家からも、血からも逃げて、父が死ぬまで帝都に籠《こ》もっていた終也にとって、あまりにも耳が痛い言葉だ。

「すみません。君の言うとおりですね」

終也はずっと、神在としての責務から遠い場所にいた。当主となった今も、気持ちの面では、神在の責務など背負っているつもりはない。

真緒を守るための力が必要だから、十織家の当主でいるだけだ。

志津香は溜息をつきながら、恭司の隣にある椅子に座った。

「そうやって、怒っているときにも笑うのは、もう止めたら？　私、ようやく兄様が心から笑っているのか、そうでないのか区別がつくようになったのよ。いま、とても怒っているでしょう？」

「……はい。だから、真緒を取り戻さないと」

「七伏と揉《も》めるつもり？　帝に重用されている神在よ。帝が、今回のことを把握《はあく》しているのかは知らないけれど、ことが大きくなれば、当然、帝の耳にも入るでしょう。十織にとって、よろしくない事態ね」

「真緒がいなければ、十織などもっと早くダメになっていたでしょう。それなのに真緒を見捨てるのですか？　僕は、十織なんて、どうでも良いんですよ」

「まあ。当主の発言とは思えない」

「真緒がいるから、僕は当主でいられる。花絲を守る領主として在りたい、と思える。あの子がいないならば、神在としての責務なんて意味はない。僕が神在として責務を果たすのは、それがあの子を守ることに繋がるからです」

真緒の人生を守るために、幸せに過ごしてもらうために、十織の当主としての立場が必要なだけだ。真緒がいないならば、終也にとって守るべきものではない。

「義姉様《ねえさま》がいなくとも、血の繋がった家族は残っているのよ。せっかく母様とも仲良くなろうとしていたのに、台無しにするつもり？」

「真緒がいなければ、僕たちは家族になれませんでした。ずっと僕を恐れていたのは、君たちでしょう？　僕だって、君たちが怖かった」

自分たちは仲の良い家族ではなかった。

互いに複雑な気持ちを抱えたまま、歩み寄ろうともせず、かろうじて家族の形を保っていただけだ。

ばらばらになっていた家族を結んでくれたのが真緒だった。過去はなかったことにならなくとも、未来を夢見ることができるようになった。

「君たちが止めても、あの子を迎えにいきます」

「そう。兄様の気持ちが、きちんと固まっているなら良かったわ。……べつに、説得に来たわけじゃないのよ、そこの人は勘違いしているみたいだったけど」

志津香は眉をひそめて、恭司に視線を遣《や》った。

「うん？　七伏と揉めるな、と終也を説得するつもりじゃなかったのか？」

「まさか。説得するつもりなら、もっと、きちんと準備して、他の者も連れてくるわ。兄様が暴れでもしたら、私だけでは止められないもの」

「たしかに。その細腕では、止めるのは無理だろうな」

恭司の言葉に、志津香は拗《す》ねたように唇を歪めた。それから、自分の着ている振袖を指さして、わざとらしく溜息をつく。

「見てよ、この振袖。大事なお客様と会うために仕立てたものだから、帝都を歩くには浮いて仕方なかった。じろじろ見られて最悪だったのよ」

「仕事を放り投げて、帝都まで駆けつけたのですか？」

「放り投げてないわ、延期しただけ。みんな、いてもたってもいられなかったのよ。兄様が弱気になっていたら困るって」

そこまで言われて、ようやく、志津香が帝都にまで来た理由が分かった。

終也は、家族から疑われていたのだ。うじうじと悩んで、真緒を迎えに行くことをためらっているのではないか、と。

「母様からの伝言よ。義娘《むすめ》を連れて帰るまでは、十織家の敷居は跨《また》がせない、と」

「義娘、と思ってくださるんですね」

薫子が、真緒を可愛《かわい》がってくれているのは知っていた。だが、義娘と呼ぶほど、心を砕《くだ》いてくれているとは思わなかった。

「当たり前でしょう、義母様は愛情深い人なんだから。――花絲を出るとき、綜志郎から言われたのだけど。どうも、七伏の連中、うちを訪ねてきたみたいなの」

「僕が怪我《けが》をしている間に、十織家に？」

「義姉様のことを探りにきたみたい。綜志郎は、適当にあしらったみたいだけど、花絲の街にある噂《うわさ》までは制御できないでしょう？　きっと、いろいろと知られたのでしょうね。……本当、腹が立つこと。向こうが舐《な》めた真似《まね》をしてくるのなら、こちらにだって考えはあるのよ」

「志津香」

「嫌がらせするなら、いくらでもできるのよ。うちの反物《たんもの》は、七伏にだって納めている。邪気祓いは命がけと聞くもの。あいつらが纏《まと》っている衣だって、どうせうちの反物から仕立てたものでしょう？」

「おいおい、さすがに勝手が過ぎるだろう。邪気祓いの連中がいなくなったら、どれだけの人間が困ると思っている」

「困るのなら、義姉様を返してくれたら良いでしょう？　そうしたら、七伏とだって今までどおり取引してあげる」

終也は思わず、声をあげて笑ってしまう。

「ずっと、顔以外は似ていないと思っていたのですけど。僕と君は、案外、中身も似ているところがあるのかもしれませんね。僕も同じことを考えていました」

「嫌だ。兄様の性格悪いところが感染《うつ》ったのかしら？」

「心外です。真緒いわく、僕は優しいそうですよ」

「……義姉様の目、本当は節穴《ふしあな》なのかしら？　あんなに目が良いのに」

　終也は、自分が優しくないことを知っている。でも、真緒が優しいと言ってくれるから、優しくあろうと努力できる。

「志津香。君は花絲に戻って、母様に付き添ってあげてください。きっと不安で仕方ないでしょうから」

　夫が亡くなったとき、あれほど取り乱した人だ。真緒がいなくなれば、また気持ちを乱すことは目に見えている。

「迎えにいってきます。二人で帰りますから、君たちは待っていてください」

　心は、最初から決まっていた。その心を、家族が後押ししてくれたことに、終也は胸がいっぱいになった。

　終也の隣には、真緒しかいない、と家族が認めてくれたことが嬉しかった。

五．

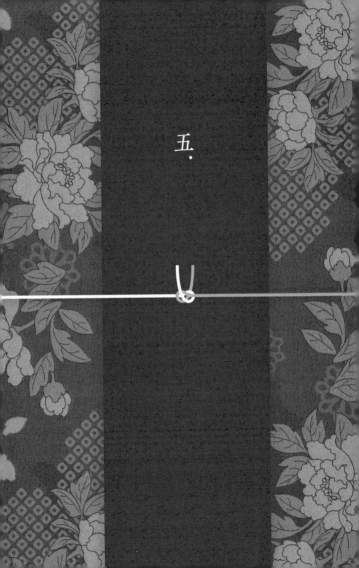

囲炉裏《いろり》に入れられた薪《まき》が、炎を纏《まと》って、ぱちぱちと音を立てる。自在鉤《じざいかぎ》から吊された鍋《なべ》では、味噌仕立ての汁物が煮えており、甘い香りが漂っていた。

「七伏《ななふし》のことを教えてほしい？」

朝餉《あさげ》の席で、真緒《まお》がそう伝えると、智弦《ちづる》は首を捻《ひね》った。

「うん。わたしは、この家のことを何も憶えていないから」

「教えるのは構わないが。十織《とおり》に帰るのは諦めてくれたのか？」

「諦めてないよ？」

「え？　諦めてないんですか？」

囲炉裏の様子を見ていた明音《あかね》が、残念そうに声をあげる。気の抜けるような遣《や》り取《と》りだったが、もともと、このような人たちなのだろう。

智弦も明音も、どちらかと言えば真緒と似て、のんびりとした性格なのだ。

「逃げ道でも、聞き出そうとしているのか？　言っておくが、外に出たところで、お前のように道を知らぬ娘が歩くのは自殺行為だ」

真緒とて、一人きりで、花絲《はないと》まで帰れるとは思っていない。

七伏の館にも、智弦と一緒でなければ辿《たど》りつくことはできなかっただろう。感情のまま飛び出したところで、森の悪路に足をとられて、さまよい、力尽きる未来しか想像できなかった。

（わたしが傷ついたら、終也《しゅうや》も傷つくから）

真緒は自分を損《そこ》なうことなく、花絲まで帰らなくてはならない。

また、真緒のせいで、十織と七伏が揉《も》めるような事態も、避けなくてはならない。

「無理に逃げようとは思っていないの。智弦様に納得してもらったうえで、わたしは十織に帰るつもりだから」

先々に禍根《かこん》を残すことなく、円満に、終也のもとに帰るのだ。

智弦と明音は、困惑した様子で顔を見合わせた。

「それほど、十織が良いのか？　だが、あの家はお前に酷《ひど》いことを」

「あのね、わたしが七伏のことを知らないように、智弦様たちも十織のことを知らないんだと思うの。十織で、わたしがどんな風に過ごしていたのか、どんなに大事にしてもらっていたのか」

智弦たちは勘違いしている。真緒が十織家で酷い目に遭《あ》わされていた、と。彼らが頑《かたく》なになっている理由のひとつは、その勘違いに起因するものだ。

あるいは勘違いではなく、真緒が酷い目に遭っていた、と信じたいのかもしれない。

「俺たちが七伏のことを話す代わりに、お前は十織の話をする、と？」

「うん。十年以上も離れていたんだから、一緒にいたときよりも、離れていた時間の方が長いよね。わたしたち、お互いのことなんて何も知らないの」

「あたし、香矢《かや》様のことなら良く知っていますけど。お生まれになったときから、ずっとお世話していましたし」

明音が恨めしそうにつぶやく。

「そうなんだ？　なら、明音は小さいときのわたしのことを教えてくれる？　きっと仲良しだったんだよね」

「いくらでも教えてさしあげますよ！　あたし、奥様の次に、香矢様と一緒にいたんですからね」

「憶えていない、と言うわりに、明音のあつかい方は昔のままなんだな。おだてるのが上手《う》手《ま》い」

「智弦様!?」

「本当のことだろう？　おだてられると、すぐ香矢の我儘《わがまま》を叶えて。叱《しか》るのは、いつも俺だった。俺とて、好きで叱っていたわけではないのにな」

「それはそうですけど。そんな意地悪な言い方をしなくたって」

明音は頰《ほお》を膨らませると、怒ったように土間を出ていく。追いかけようとした真緒を、智弦が視線だけで止める。

「気にするな、少し拗《す》ねているだけだから。明音が昔のことを話すのならば、俺は一族のことか？」

「あのね、邪気祓《じゃきばら》いの一族ってことくらいしか知らないの」

智弦は食事の手を止めて、持っていた器《うつわ》を置く。

「邪気というのは、何か分かるか？」

「悪《あ》しきもの、だよね」

「そう。邪気とは、悪しきものにつけられた名のひとつ。悪しきものには、様々な名前が与えられている。百の姿を持つ、というのが、昔から言われていることだな」

「百？」

「言葉どおり百の姿を持つというより、それだけ多くの姿を有している、という喩《たと》えだな。だからこそ、真《まこと》の姿を捉える必要がある。そのために、俺たちは特別な目を持って生まれてくる」

目。真緒と同じ色をした右目が、真っ直ぐにこちらを射貫《いぬ》く。

「真の姿を捉えることで、それが何であるのか見定めるわけだ。何ものでもない不確かなものを射貫くことは難しい。ならば、確かなものとして捉えてしまえば良い」

つまり、七伏の目は、悪しきものを、悪しきものとして見抜くことができる。

「えっと。お饅頭《まんじゅう》の餡《あん》を見分ける目？」

「恭司様《きょうじ》が言ったの。饅頭の餡が悪しきもの、皮が神様だって。どんな姿に見えても、餡は餡だって」

「饅頭？」

様々な姿かたちをとるが、本質的には同一のもの、同じ餡、と恭司からは教えられていた。

馴染《なじ》みのない喩《たと》えだったのか、智弦はくすりと笑った。

「饅頭に喩える人は初めてだ。俺たちは餡のうえに暮らしている、皮があるから、餡に溺《おぼ》れず暮らせるわけか。――香矢は、冬の湖を見たことがあるか？　水面に薄く氷が張っている。薄氷の上に立っている、と俺は教わった」

「氷のうえ？」

「そう。脆《もろ》い氷のうえに立っているから、割れたら、溺れるしかない。俺たちが暮らしている国は、安寧《あんねい》の地ではない。だから、かりそめでも安寧を手に入れるために、神様が必要だったんだ」

湖の水が、悪しきもの。その上に薄く張った氷が、国生みのときに生まれた、一番目から百番目までの神様だ。

智弦は、神の血を引く者としての責務を負っているのだ。

「智弦様が、わたしを探していたのは、この血のせい？　わたしにも神様の血が流れているから、必要だった？」

「お前を探していたのは、お前を大切に想っているからだ。それが一番の理由であることは、理解してほしい」

「うん。でも、それだけが理由じゃないんだよね？」

「俺たちは神在《かみあり》だ。神無き人々を守るために、邪気祓いの力を、後世まで遺さなくてはならない。悪しきものを捉えるための目も、それを祓う力も」

おそらく、真緒――香矢と、智弦が許嫁《いいなずけ》であったのも、そのあたりが理由なのだろう。従兄妹《いとこ》ならば、どちらも七伏の血が濃く、次代に期待ができる。

真緒は目を伏せる。

自分の在り方を自分で決めるのは、贅沢《ぜいたく》なことなのだ。生まれや血に縛《しば》られて、最初から在り方を決められているのが、神在というものなのだろう。

◇◆◇◆◇

機織りの音が、かたん、かたんと響く。

母が残していったという糸を使って、真緒は織り機を動かす。

「香矢様、すごい！」

織っている真緒の隣で、明音が嬉しそうに手を叩く。

使い慣れていない織り機なので、いつもどおりとはいかないが、明音の目には特別なものとして映っているらしい。

「やっぱり、奥様と似ているんですね。奥様と同じ機織り上手《じょうず》」

「似てないよ。わたしは母様の織ったものを知らなかったから」

水を差すようで悪いが、真緒は否定する。

「で、でも。同じように上手でしょう？」

「褒《ほ》めてくれるのは嬉しいけど。わたしは機織だから、同じ機織のことは分かるの。母様が織ったものは、わたしの織るものとは似てないよ」

母は、几帳面《きちょうめん》で生真面目《きまじめ》な人だったのだろう。

時間をかけて、細部まで隙《すき》なく、きっちり織りあげるのだ。柔らかさはないが、基本的なことを忠実に守っているが故の、整然とした美しさがある。

真緒と違って、きちんと学びながら、技術を身につけた人なのだろう。

「明音が褒《ほ》めてくれた機織りの腕は、明音の知らない十年以上をかけて、わたしが身につけたものなの。母様と似ているから、上手に織ることができるわけじゃないよ」

明音は傷ついたように、真緒から目を逸《そ》らした。まるで、自分の知らない真緒のことなど知りたくもない、と言うように。

「昔のわたしは、明音と仲良しだったんだよね？　いまのわたしとは、仲良しにはなれない？　明音の知っている香矢じゃないと嫌？」

「……嫌じゃないです。でも、戸惑ってしまうんですよ。あたしの憶えている香矢様って、小さな女の子なんです。甘えん坊で、さみしがりで、いつもあたしの袖《そで》を摑《つか》んで放さなくて。あの手鞠《てまり》、実は、それで作ったんです」

明音は、飾り棚《だな》にある手鞠を指さした。

「袖を摑むのを止めさせるために？」

「だって、ずっと、わたしの後ろをついてこられるから。可愛《かわい》いですけど、火の始末をしているときとか危なかったですし」

手鞠がぼろぼろになった理由が、ここにきて分かった。

姉のように慕《した》っている人の代わりならば、なおさら手放せなかったのだろう。片時も放さず、ずっと握っていたに違いない。

「智弦様にも同じだったの？」

「似たようなものですね。智弦様が邪気祓いに出るとき、行かないでって、大泣きしていましたよ」

「ぜんぜん憶えていない」

「智弦様も、そういうときは香矢様のこと叱るんですけど、まあ、あんまり強くは出られなくて困っていました。たぶん、嫌われたくなかったんだと思います。智弦様、香矢様のことをすごく可愛がっていたから」

「仲良しだった？」

「とっても仲良しでしたよ。よく、ふたりで七番様《ななばんさま》のもとで過ごしていました。夜になると、星を見に行ったり」

その記憶は、うっすら真緒にも残っている。

「赤い椿《つばき》が、咲いている森？」

ここに来るまでに通り抜けた、深い森とは違う。いつも赤く色づいていた、椿が群れなす森があったのだ。

穢《けが》れを知らぬ真っ白な雪に、ぽたり、ぽたり赤い花が落ちていた。

「ええ。今はもう、咲いてないんですけどね」

明音の声は、ひどく寂しげだった。


日が暮れて、薄闇があたりを包む頃、真緒はひとり七伏の館を歩く。

(咲いていない？　でも)

昼間、明音から聞いた話が、頭から離れなかった。

遠い昔、智弦と歩いた森には、真っ赤な椿が群生していた。

あのとき、真緒は教えてもらった気がする。あの椿の森には、いかなるときも赤い花が咲いている、と。

「何か探しているのか？」

振り返ると、通り過ぎようとした座敷に智弦の姿があった。灯りはなかったが、真緒の目には、はっきりと彼の姿が映っている。

きっと、同じ目を持っている智弦も変わらないだろう。

「探し物じゃなくて、行きたいところがあるの。むかし智弦様が連れていってくれた、椿の森」

「七番様の？　止めておけ、行っても仕方ない」

「花が咲いていないから？」

「明音から聞いたのか。……あの椿の森は、七番様そのものだ。どの季節だって、枯れることのない花をつけていた。いつも花が咲いていることが正しかった」

「花が咲かないことで、悪いことが起きているの？」

「今はまだ何も。だが、このまま花をつけなかったとき、何が起こるか分からない。何かが起きてからでは遅いんだ。うちは国を守る要《かなめ》の一つでもあるから」

「要？」

　首を傾《かし》げる真緒を、智弦は手招きした。

「国土を守る結界の要だ。うちが欠けると結界も欠けてしまう」

　智弦の前には碁盤《ごばん》があった。真緒には何をしているのか分からなかったが、どうやら一人で打っていたらしい。

　智弦は碁盤の天面を片付けてから、いくつかの黒石を置く。

「石が、邪気祓《じゃきばら》いの神在だ。国土のあちこちに散らばっている」

「そっか。七伏だけじゃないんだよね、たしか」

帝都《ていと》を歩いたとき、終也も言及していたはずだ。

帝が京《みやこ》から移った理由のひとつには、とある邪気祓いの神在が弱体化したこともある、と。あれは七伏ではなく、他家のことを指していた。

「邪気祓いの家は複数ある。神が生まれたのは、悪《あ》しきものを封じるためなのだから、似通った力を持った神在がいても不思議ではないだろう？」

智弦の言うとおりだった。同じ目的を果たすために生まれたのだから、力が似てしまうこともあるだろう。

「邪気祓いを生業《なりわい》とする神在は、祓い方こそ違うが共通する部分もある。それが結界の要。……此《こ》の石を全て線で繋《つな》ぐ。その範囲が、結界の範囲になる。全てを防ぐことはできないが、結界によって、国土には悪しきものが顕《あらわ》れにくくなる」

智弦は線を引くように、石と石の間に、次々と指を滑らす。

それらを目で追えば、まるまる国土を覆《おお》うような形になった。縦に長く伸びた島国が、結界の内側に入っている。

「ただし、この状態は国生みの時代だ。今はもう、いくつか邪気祓いの神が欠けたから、これほど綺麗《きれい》な形にはならない」

「京が真ん中になるように、結界があるんだね」

最も線が集中しているのは、京のあたりだった。

以前、終也が此の国の地図を見せてくれたことがある。すべての地名を覚えることはできなかったが、花絲や京、帝都の位置くらいは知っていた。

「順番が逆だな。京が真中になるよう結界があるのではなく、結界の真中にある土地だから、あの地は京として造られた。帝がおわすに、ふさわしい土地として」

おそらく、結界に限った話ではない。

京の歴史には、いかなるときも帝の姿があった。京は帝のために造られ、帝のために形作られていった場所なのだ。

「帝都だと、帝がいるのにふさわしくない？」

しかし、今の時代、帝は京ではなく帝都に在る。帝都は、成り立ちからして京と違うので、結界の真中にあるわけでもなかった。

「ふさわしいか、ふさわしくないか、決めるのは俺たちではない。ただ、七番様の花が咲かず、何か悪いことが起こってしまえば……。帝都の守りは薄くなる」

智弦は碁石のひとつを指で弾いた。七伏を指していた石だろう。

「智弦様は、花が咲かないことも自分の責任だって思っているの？　もしかして」

当然のように、彼は頷《うなず》く。

「思っている。俺は、花が咲かない原因にも心当たりがあったからな。……それに、花が咲かぬことで、一族の者たちを不安にさせてしまっている。俺の弓を見ただろう？　あれは七番様から作られた弓だ」

「……神様を切って、弓を作るの？」

真緒は、十織家にいる十番様《じゅうばんさま》に置き換えて想像してしまった。十番様の身体《からだ》の一部を捥《も》いで、武器を作ると思ったら、自然と青ざめてしまう。

「俺たちが切るのではなく、生まれたときに七番様が分け与えてくれる。一族の者ならば例外なく、な。俺たちは七番様とともに邪気祓いに向かうわけだ」

だから、七番様が花をつけないことを、七伏の一族は不安に感じている。彼らにとっての七番様は、守るべき神であると同時に、ともに戦う同胞《どうほう》でもあるのだ。

「七番様は、智弦様たちのことを愛してくれているんだね」

まさしく、彼らは一緒に生きている。

「お前のことだって、七番様は愛している」

智弦の声には揺らぎがなかった。真緒が一族の人間であることは、彼にとって疑いようのない事実なのだ。

「わたしは、ずっと外で生きていたのに？」

「たとえ離れていたとしても、俺たちが七番様の子どもであることは揺らがない。一族の誰に聞いても、きっと同じことを言うだろう」

「一族の……。気になっていたんだけど、他の人たちって何処《どこ》にいるの？」

七伏の領地に来てから、智弦と明音にしか会っていない。七伏の一族は、当然、他にもいるはずだが、影すら見かけることはなかった。

「言ってなかったか？　この館に住んでいるのは、俺と明音だけだ。他の者たちは、もっと森の入り口に近いところに住んでいるからな。その方が、邪気祓いに出るとき都合が良いだろう？」

帝都から七伏の領地に来るとき、途中の歓楽街までは鉄道列車で移動した。賑《にぎ》やかな夜の街は、七伏と関係深い神在《かみあり》が治めており、物資や交通網《こうつうもう》の面で融通《ゆうずう》を利《き》かせてもらっているそうだ。

七伏は、領地を拠点としながらも、邪気祓いのため各地に向かう。森の奥で暮らすより、歓楽街の近く——森の入り口付近に住まう方が、理に適《かな》っている。

「じゃあ、どうして智弦様たちは、こんなに奥にいるの？」

「本家筋の人間だけ、代々、七番様の近くに家を構えている。十織家も似たようなものなのではないか？　一族全員、十番様のもとで暮らしているわけではない」

「うん。本家の人と、使用人さんたち」

「なるほど、使用人か。この館は、使用人を置いても意味がないからな。俺は邪気祓いで外に出ていることも多いから、明音ひとりいれば十分だ。あれは、お前の母にいろいろ仕込まれているから、たいていのことはできる」

「明音は、母様とも仲良しだったんだね」

「そうだな、仲は良かった。ああ見えて明音は人見知りだから、お前の母だからこそ、仲良くできたのだろう。真面目《まじめ》で誠実な人だった。……たぶん、俺は。あの人が香矢を連れていったことが悲しかったのだろうな」

「裏切られた、と思った？」

「裏切られたというより、あの人に信じてもらえなかったことが悔《くや》しくて、悲しかった。当主としての俺を、信頼してほしかったのかもしれない」

　彼女の信頼を勝ち得ていたら、きっと彼女は森を出ていかなかった。以前と同じことを言って、悔《く》いるように、智弦は目を閉じた。

◇◆◇◆◇

あれは、たしか真夏のことだった。

照りつけるような強い日差しが、工房の中にまで差し込んでくる日だった。いつものように織っていた真緒のところに、志津香《しづか》と綜志郎《そうしろう》が訪ねてきたのだ。

「義姉様《ねえさま》。いま、少し良いかしら？」

終也の弟妹は、折に触れて、真緒の工房に顔を出す。

当人たちは、自分たちの息抜きのため、と言うが、実際のところは違う。

放っておくと、いつまでも織り続けてしまう真緒を心配して、わざわざ様子を見にきてくれているのだ。また、世情に疎《うと》い真緒のために、十織家の近況を教えよう、と時間を作ってくれている。

「大丈夫。いらっしゃい、二人とも」

「邪魔する。義姉さん、この暑いなか、良く機織りなんてできるな？　倒れたら兄貴がうるせえから、ほどほどにしておけよ」

「綜志郎。……ごめんなさい、こんな意地悪なこと言っているけど、義姉様のことを心配していいるだけなのよ」

「分かっているよ。志津香たちが来てくれたから、少しだけ休憩《きゅうけい》にしようかな」

真緒は手を止めて、双子を迎えいれる。

「さっきね、義姉様から頼まれていたものを受け取ってきたの。ちょうど仕立て終わったみたいだったから」

綜志郎と志津香は、工房の隅にある衣桁《いこう》に、一着の羽織《はおり》をかける。

一月ほど前、真緒は織りあげた反物《たんもの》を志津香たちに預けた。その反物を使って羽織を仕立てるために、彼女たちに協力してもらっていたのだ。

「ありがとう。取りに行かせちゃって、ごめんね」

「気にしなくて良いのよ。仕立てをお願いしていたところには、もともと別件で用事があったから。なんでも、嫁入り道具を織ってほしいそうよ」

真緒は、嫁入り道具、と心の中で繰り返した。

「昔から付き合いのある大店《おおだな》なんだが、今度、娘が余所《よそ》の街に嫁《とつ》ぐんだと。その娘が婚家に持っていく衣を仕立てるために、反物を頼まれたわけ」

十番様は縁を司《つかさど》る神様なので、十織家の反物は良縁を招く衣裳としても有名だ。

すでに嫁ぎ先は決まっているようだが、嫁ぎ先が良縁であることを願って、十織家の反物を求めているのかもしれない。

「それって、わたしが織っても良いの？」

「義姉様が？　あなたも十織家の機織だから、織ってはいけない、ということはないけれど。珍しいのね、自分から希望するなんて」

機織としての真緒は、十織家の神事や仕事に関わることもあった。対外的な場に出ることはないものの、すでに何度も反物を織りあげている。

「十織家がお世話になっている先なら、わたしも何かしたいの。……それに、嫁入り道具なんだよね？　その人が、嫁ぎ先でも幸せでいられるように、わたしも力になりたいって思ったの」

すべて、真緒の独り善《ひとりよ》がりかもしれない。だが、真緒は十織家に嫁いで幸せだったから、その娘にも幸せであってほしい、と思ったのだ。

「そう。先方は、義姉様の織りあげたものなら、きっと喜んでくださるでしょう。もともと《織姫《おりひめ》》の噂《うわさ》も、よくご存じだったから。いま十織にいることも、ね」

花絲の街には、《織姫》という優れた機織がいる。

その噂の発端となったのは、幽閉《ゆうへい》されていた頃、真緒が織り続けていた反物だ。

誰かが、真緒の織りあげたものを見て、それを織った機織のことを《織姫》と呼び始めたのだ。閉じ込められていた真緒を置き去りに、《織姫》の噂は一人歩きし、人々の間で浸透していった。

「喜んでくれるなら良かった。文様の指定はあるの？」

「いいえ。ただ、縁起《えんぎ》の良いものを、と言われているの。慶事《けいじ》でしょう？」

真緒が、祝い事にふさわしい文様、と考えたとき、こつり、こつり、という足音が聞こえた。耳慣れた足音だったので、真緒は自然と笑顔になった。

「来ていたのですか？　志津香、綜志郎」

工房に顔を出したのは、出先から戻ってきた終也だった。炎天下に晒《さら》されていただろうに、汗ひとつかいておらず、涼しい顔で立っている。

「おかえりなさい、終也」

「ただいま戻りました。皆さん揃って、お喋《しやべ》りですか？」

「うん。次に織るものの話をしていたの」

「ああ。十織の仕事ですかね？」

終也が視線を遣《や》ると、双子は頷《うなず》く。

「義姉様にお願いしましょう、という話をしていたの」

「わたしがね、織りたいって言ったの。嫁入り道具なんだって」

つくでしょう」

「君が織ったならば、先方は喜ぶでしょうね。街一番の機織の織ったものですから、箔《はく》も

「箔？」

「嫁入り道具なのでしょう？　家の権威を示すための手段でもありますから」

真緒の隣に座って、終也は不思議そうに首を傾《かし》げる。

「……兄様、そういう話ではないのよ」

「兄貴、そういうところが分かっていないよな」

双子は溜息をつくと、呆《あき》れたように肩を竦《すく》めた。顔立ちこそ似ていないが、ともに育ってきただけあって、仕草がそっくりだ。

「そういう話だったのではないのですか？」

「えと、終也が言うような意味もあるかもしれないけど。嫁入り道具だから、その娘さんの幸福を祈って、ってことだと思うの」

終也の言っていることが間違いとは思わない。だが、それだけではないはずだ。娘の幸福を祈る気持ちがあるからこそ、十織家に相談があったのだ。

終也は気まずそうに、頬《ほお》を指でかく。

「すみません、意地悪な見方をしてしまいました。君の言うとおり、嫁いだ先で幸福にな

れるように、という願いもあるのかもしれませんね」

「うん。だって、薫子《かおるこ》様のときも凄《すご》かったんでしょう？」

薫子は皇女として、豪華絢爛《ごうかけんらん》な嫁入り道具とともに輿入《こしい》れした。家の人間たちは、あれほど立派な嫁入り道具は見たことがない、と口を揃える。

「そうなんですか？　志津香」

終也は、いま初めて知ったかのように、妹に問いかける。

志津香は無言のまま、頭痛を堪《こら》えるように額に手をあてた。隣にいる綜志郎は綜志郎で、苦虫《にがむし》をかみつぶしたような顔をしている。

「……すみません。正直なところ、あまり嫁入り道具を気にしたことはなくて。母様の嫁入り道具なら、きっと立派だったのでしょうけれど。大事なのは、花嫁が持ってくる道具よりも、花嫁自身でしょう？」

終也の手が、真緒のそれに重ねられる。

嫁いだとき、真緒には素晴らしい嫁入り道具などなかった。幸福を祈ってくれる家族もおらず、何も持たぬまま、身一つで十織家に迎えられた。

「僕は、真緒がいれば他に何も要らなかったので」

緑の目が、夏の光を吸い込んで、宝石みたいに輝く。

（終也は、ずっとそうだった）

この人は、何も持っていなかった真緒を、名前さえも失くしていた機織を、いつだって価値あるものとして認めてくれた。

暗がりで出逢《であ》ったとき、機織りの腕を褒《ほ》めてくれたように。

真緒自身が無価値だと思っていた真緒のことを、出逢ったときからずっと、終也は拾いあげてくれる。

「そうね。いろいろ気にしていたのは、結局、私たちみたいな周囲の人間だったものね。兄様だけは、ずっと義姉様《ねえさま》のことしか見ていなかった。……義姉様、さっきの話は、また後日あらためて相談しても良いかしら？」

「もう行っちゃうの？」

「邪魔になるからな。俺も志津香も、馬に蹴《け》られるのは御免だ」

砂糖をそのまま飲み込んだような表情だった。げんなりした様子で、双子は足早に工房を去る。

「お馬さん？」

「人の恋路を邪魔する奴は、馬に蹴られて死んでしまえ、と言った人がいるそうですよ。僕も同感です。……志津香たちと話していた嫁入り道具、もう何を織るか決まっているのですか？」

「まだ決まっていないの。お客様からの指定はないみたいだけど、縁起の良いものが良いんだって」

「嫁入り道具ですからね。たとえば、夫婦円満を願うならば、鴛鴦《おしどり》や二枚貝《にまいがい》でしょうか。仲の良い夫婦を象徴するものです。当人の幸せを願うなら、手鞠《てまり》なんかも良いかもしれませんね」

「手鞠って、子どもの遊び道具だよね」

「お守りでもあるんです。だから、嫁入り道具として持たせることもあるんですよ」

　真緒は頭のなかに、終也が挙げた文様を思い浮かべる。

　どの文様も、幽閉されていた頃、織ったことがあるものだ。あのときの真緒に知らされることはなかったが、嫁入り道具として使われたのだろうか。

「教えてくれて、ありがとう。志津香たちとも相談してみるね。やっぱり、素敵なものにしたいから」

　花嫁の門出にふさわしいものを、織りあげたかった。

「素敵なものになりますよ。だって、君の織るものが、いちばん美しいのですから。……でも、つらくはありませんか？」

「つらい？」

「僕は、君がいるならば、他には何も要りませんでした。けれども、それは僕の気持ちでしかありません。……君だって、家族から祝福されて、綺麗《きれい》な嫁入り道具を持たせてもらいたかったのではないか、と」

十織家に連れてこられたとき、真緒は身一つだった。襤褸《ぼろ》を纏《まと》った少女には、新たな門出を祝福し、嫁入り道具を持たせてくれる家族などいなかった。

依頼主の娘とは、あまりにも境遇が違う。

「つらいとか、そういう気持ちはないの。わたしは、終也のお嫁さんになれて幸せだから、その娘さんも幸せになってくれたら嬉しいって、思っただけ。……それに、わたしの家族は、十織の人たちでしょう？」

だから、今の真緒は、祖父母や叔母《おば》に愛されなかったこと、虐《しいた》げられていたことを、ことさら嘆《なげ》くことはしない。

「わたしを大事にしてくれる、わたしを想ってくれる家族は、この家にいる。だから、もう良いの」

真緒は、自分の嫁入り道具が欲しかったのではない。その道具を贈ってくれるほど、真緒を想ってくれる人が欲しかったのだ。

幽閉《ゆうへい》されていた頃には分からなかった気持ちが、いまの真緒には分かる。

「ええ。ここが君の家です。君がいるから、僕たちは家族でいたい、と思えるようになった。……母様への手紙、また預かってもらっても良いですか？」

「うん。薫子様も、きっと喜んでくれると思う」

終也から手紙を受け取ろうとして、真緒は不思議に思う。

終也が取り出した手紙は、二通あった。

薫子と文通するとき、終也はいつも同じ意匠《いしょう》のものを使う。それとは別に、もう一通、淡い小花の散らされた手紙がある。

「母様と、あとは君に」

「わたし？」

真緒は、自分宛《あて》の手紙を受け取ると、恐る恐る、開いてみた。

真緒は、まだ十分に読み書きできない。手紙に書いてある内容を、いますぐに理解することはできなかった。

ただ、連なる文字を眺めただけでも、胸がいっぱいになった。

手紙の内容は分からなくとも、真緒を思って、真緒のために書いてくれたことが伝わってくるのだ。

「恋文です。——僕の我儘《わがまま》が原因なのですが、僕たち、すぐ夫婦になったでしょう？　こういった恋人らしいことはしなかったな、と思ったんです。学生の頃は、この手の話題も多かったのに、つい忘れていました」

「終也が、誰かにお手紙を送ったり、誰かからお手紙を貰《もら》っていたってこと？」

不意に、少しばかりの息苦しさに襲われる。

昔の終也には、手紙を交わす相手がいたのだろうか。

終也が誰かを大事にして、その相手からも大事に想われていたならば、喜ばしいことであるはずだ。

それなのに、どうしてか胸が苦しかった。

『僕ではありませんよ、学友の話です。当時は、正直、あまり興味もなかったのですけれど。君とだったら、恋人として過ごすことも楽しかったでしょうね』

「でも、今と同じ形じゃないと、わたし、終也とは出逢えなかった気がするの」

暗がりのなか、約束を交わした男の子がいた。真緒が幽閉されていたからこそ、出逢えた人だった。

例えば、真緒の生まれが裕福で、帝都の女学校に通うような身分だったとして、果たして終也と恋仲になることはできたか。

真緒は今と同じ、終也の好きになってくれた真緒でいられるだろうか。

「僕は、どんな形であっても、僕たちは出逢う運命にあった、と。君に恋する僕であったと思いたいです」

もう一度、真緒は手紙を眺める。一文字、一文字、丁寧《ていねい》に綴《つづ》られた言葉には、真緒への恋心が滲《にじ》んでいる。

「お返事にはならないかもしれないけど、わたしもね、お手紙みたいなの準備していたの。わたしは、終也みたいに、上手《じょうず》に言葉にすることはできないけれど。織ることでなら、きっと伝えられるから」

真緒は立ちあがって、衣桁《いこう》にかけられていた羽織《はおり》を広げる。

恋文とは、相手に恋心を伝えるものだ。恋を知らぬ真緒には、まだそういった気持ちを言葉にして、文字に起こすことはできない。

だから、文を送るという発想はなかった。けれども、自分が誇りをもっているものに、終也への想いを織り込みたいと思ったのだ。

「志津香と綜志郎にね、羽織に仕立ててもらったの」

今日、双子が工房を訪ねてくれたのは、これを持ってくるためだった。

「僕の？」

ける。

真緒が羽織を掲《かか》げると、終也はかがみこんでくれた。彼の肩に合わせながら、真緒は続
「うん。終也は知っている？　薫子様が着ているものって、いつも先代様が織ったものなの。薫子様を想って、薫子様の幸福を祈って織ったもの」

二人でお茶をするとき、薫子は先代との思い出を語ってくれることがある。

いちばん多いのは、先代が彼女のために織った反物《たんもの》と、それを使って仕立てた衣裳の話だった。

「父は、母のことが大好きでしたからね」

薫子は、先代が機織として誇りを持っていたことを知っているから、織りあげたものを贈ってくれることが嬉しかったという。

愛されていることを、何よりも強く実感できた、と。

十織の家には、先代が織ってくれたものや、たくさんの思い出が残っている。だから、先代が亡くなった今も、薫子は十織家を大切に思い、邸《やしき》を離れなかった。

「わたしも、終也に同じことをしてあげたかったの。わたしが一番誇りをもっているものを、終也にあげたかった」

真緒は機織だ。真緒の織りあげたものは、言葉よりも雄弁に、真緒の気持ちを語ってく

れるはずだ。

——終也が大好きで、終也の幸せを祈っている気持ちを。

「一生の、宝にします」

「一生？　大事にしてくれるのは嬉しいけど、これからもっとたくさん織るから……」

「ぜんぶ宝物にします」

終也は間髪《かんはつ》を容《い》れずに言う。

終也の顔には、ほんのり赤みが差していた。真緒が贈ったものを、心から喜んでくれているのだ。

「織ることは、祈りでもあるのかなって、最近、思うようになったの。織っているときね、ずっと祈っていたから。終也が幸せでありますように、って」

終也は目を伏せる。なめらかな頬《ほお》に、長い睫毛《まつげ》が影をつくっていた。

「僕の幸せを祈ってくれるのなら、ずっと、僕の傍にいてください。君がいるから、僕は幸福でいられることを、どうか忘れないで」

「わたしがいないと、幸せになれない？」

終也は何度も頷《うなず》いた。

だから、あのとき真緒は決めたのだ。

何があっても、十織家に帰ることを。終也を幸せにするために、真緒は彼の隣にいなくてはならない。

◇◆◇◆◇

夜更けの部屋で、真緒は母が途中まで織っていた反物を広げる。

(何を思って、この柄《がら》を織ろうとしていたのかな)

何かしらの意志を持って、母は、この柄を織ろうとした。その意志をくみ取ることができたら、七伏香矢――かつての真緒が連れ出された理由も分かるだろうか。

(智弦様が不甲斐《ふがい》ないから、出ていったわけじゃない。本当は、きっと別の理由がある。だって、……この生真面目《きまじめ》な人が、誰かに責任をかぶせたりするとは思えない)

真緒は機織だ。母の顔は忘れてしまっても、母の織っていたものを通して、機織としての母のことなら分かる。

「まだ起きていたのか?」

思わず、真緒は悲鳴をあげそうになった。真緒の背後に立って、反物を覗《のぞ》き込んでいたのは智弦だった。

「……急に来るから、びっくりした」

「それは、すまなかった。夜も遅いのに、まだ起きているようだったから気になった。こんな時間まで何か織っていたのか？」

「これから織ろうと思っていたの」

　母が途中まで織っていた反物から、彼女が何を織ろうと思っていたのか探る。その後、同じ文様を使って、新しい反物を織りあげるつもりだった。

「うちでまで、無理をして織る必要はないが。何かやりたいことは？」

「無理？」

「十織で、お前は織ることを強《し》いられていたのではないか？」

最初、真緒は何を言われたのか理解できなかった。強いるという言葉は、十織家に嫁《とつ》いでからの日々とは、まったく繋《つな》がらない。

　真緒の返事を待たず、智弦は続ける。

「あの家にとって、機織は大きな意味を持つだろう。十織の人間は、お前が優れた機織であることを利用しているのではないか？」

　真緒は、目の前が真っ赤に染まるのを感じた。

「そんな酷《ひど》いこと言わないで。わたしがいなくても、十織の御家《おいえ》は、ずっと続いてきた。

機織としての誇りを持って」

真緒の脳裏《のうり》には、亡くなった義父、仲良くしてくれる義妹の姿が浮かんだ。

彼らは織ることに誇りを持っていた。愛する妻が纏《まと》うにふさわしい反物を織っていた義父にも、自分の機織としての至らなさに打ちのめされていた義妹にも、たしかな矜持《きょうじ》があった。

真緒が十織家に迎えられる前から、それは変わらない。

「わたしは、終也が優しくしてくれたこと、大事にしてくれたこと、……恋をしてくれたことを知っている。だから、機織りで役に立とうと思ったのは、わたしの意志だよ。終也たちに強制されたものじゃない」

「そう思い込まされているだけかもしれない」

智弦は頑《かたく》なに、真緒の言葉を信じようとはしなかった。

「智弦様は、わたしが終也に利用されているんだって、ひどい事をされているんだって、思いたいの？」

「それは」

真緒は顔をあげて、射貫《いぬ》くように智弦を見つめる。

「あなたは、わたしが不幸だって思っているんだね」

「……七伏にいるのが、お前の幸せだと思っている。ここで幸せにしてやりたい」

「七伏から離れたわたしは、不幸じゃなければダメなの？　智弦様にとっての理想の幸せしか、わたしには許されないの？」

「許されない。お前を不幸にしたから、七番様はお怒りになっているのだから」

七番目の神様。

いかなるときも、赤い花が咲く森は、七番様そのものだった。幼い頃、智弦の腕に抱かれながら、あの森で星を見上げたことがあった。

(怒っている。本当に？)

椿《つばき》の花に彩られた森は、真緒たちを受け入れて、慈《いつく》しんでくれる場所だった。

「どうして、分かってくれない？　ここにいたら、幼い頃のように守ってやれる。つらいことからも、苦しいことからも、ぜんぶ」

「ここで守られているだけの、小さな女の子でいなさいってこと？」

真緒とそっくりの赤い瞳が、揺らいでいる。

彼の目に映っている真緒は、どんな姿をしているのだろうか。その目に映っているのは、年頃の娘ではなく、幼い少女なのではないか。

彼にとっての真緒は、この森で暮らしていた女の子のままだった。

「……十織家にいるときのように機織りがしたいなら、好きにすれば良い」

「わたし、あなたたちのお人形じゃないんだよ。智弦様は、わたしを邪気祓《じゃきばら》いにさせるつもりはないんだよね？　なのに、ここで好きなことだけしてなさいって言うの？　そんなの死んでいると同じ」

「十織家にいるときと、何が違う？」

「ぜんぜん違う。わたしがずっと磨《みが》いてきたものを、一途《いちず》に頑張ってきたことを、あなたはいつでも捨てられるものだって思っている」

「だが！　幽閉《ゆうへい》されて、機織となることを強いられたのだろう？　そんな苦痛しかないものを手放してほしい、と思うことの何が悪い？」

真緒を領地に連れてきた後、きっと、智弦は様々なことを調べたのだ。

真緒がどうして十織家の花嫁となったか、それまでどんな生活を送っていたか、智弦はもう知っている。

「他にも、きっと好きになれるものがあるはずだ」

真緒は目の奥が熱くなるのを感じた。終也ならば、こんな風に言わない。

「わたしは織らなくては生きてゆけない。終也はそんなわたしを許してくれた。わたしのことを褒《ほ》めてくれた」

たった一夜の出逢《であ》いがあった。

あのとき、真緒の腕を誉めて、真緒を認めてくれた終也がいたことで、どれだけ救われたか。名無しの少女に言葉をかけて、生きるための誇りを吹き込んでくれたのは、彼だけだった。

「わたしは、終也の機織で、お嫁さんでいたいの。終也のことを助けてあげたい」

「利用されているだけだろう？　お前の機織りの腕が良いから、十織は囲い込んで、無理やりお前に機織りをさせている」

「智弦様は、そう思いたいんだね。――わたしは、十織で幸せだったよ。終也に迎えにきてもらって、家族ができて。そんな幸せを、どうして奪うの？　わたしを幸せにしたいって、智弦様たちは言うけれど。もう、わたしは幸せなのに」

智弦は、真緒が憎くて、十織から引き離そうとしているわけではない。真緒の望む形ではないが、真緒の幸福を願ってくれている。

そんな優しい人を傷つけると知りながらも、真緒は続ける。

「智弦様が探している《香矢》は、智弦様の記憶にいる小さな女の子のまま？　今のわたしを見もしないで、ずっと、あなたは過去を見ている」

真緒ではなく、過去にいた香矢という少女を探している。

智弦は何も言わずに部屋を出ていった。

月の光を頼りに、真緒は母の追っていた反物《たんもの》を撫《な》でる。

(真面目《まじめ》で誠実なのは。母様だけじゃなくて、智弦様もなのかな)

あの人は、あまりにも背負いすぎている。

七伏家の当主として、背負わなくてはならない責務はあるだろう。

だが、香矢という娘が連れ出されたことも、七番様の森が花をつけないことも、智弦が一人きりで背負うべきことなのだろうか。

真緒は探さなくてはいけない。母が何を考えて、七伏から真緒を連れ出したのか。その理由を見つけられたら、過去に捕らわれている智弦を解放できる。

(終也)

大好きな人のもとに、胸を張って帰れる。

「智弦様、ずいぶん落ち込んでいらっしゃいましたよ」

「……明音も、智弦様と同じことを思っている？　わたしが不幸だって」

戸口に立っていた明音は、肯定も否定もせず、真緒に近寄ってきた。

かがみ込んだ彼女は、ためらいがちに手を伸ばすと、真緒の頭を撫でようとする。真緒は、ほとんど無意識のうちに身体《からだ》を後ろに反らした。

どうしても、明音の手を受け入れることができなかった。

明音は寂しげに笑って、二度と、真緒の頭を撫でようとはしなかった。

真緒は、胸のうちに込み上げた感情を、何と呼べば良いのか分からなかった。言い知れぬ懐かしさと、それを受け止めることのできない申し訳なさがあった。

「わたしは、もう小さな女の子じゃないよ」

「はい。とっても大きくなりましたね。あなたが大きくなる姿を、この地で見守りたかった。あたしも智弦様も、あなたのことが大事なんです。……ずっと、ずっと迎えにいきたい、と思っていたんですよ」

「でも、わたしを迎えに来てくれたのは終也なの」

暗闇のなか、一条の光を見たことがあった。あの夜、名前をつけてあげる、と約束してくれた男の子が、真緒を迎えにきてくれた人だ。

「分かっていますよ。あなたを迎えにいったのは、あたしたちじゃなかった。十織の当主だった。でも、ずるいじゃないですか。あたしたちだって、必死に探していたのに。……ねえ、香矢様。智弦様のこと、どうか嫌いにならないでくださいね。ずっと香矢様のことを悔《く》いていたんです、ずっと心配していたんですよ」

「……明音は、智弦様のことが大好きなんだね」

「好きですよ。あたしの命を救ってくださったのは、七伏の先代様でした。だから、先代様が亡くなったとき、あたしことなど捨て置いても良かったのに。智弦様はあたしを助けてくれた。何よりも大切な人です、だから誰よりも幸せになってほしい」

「わたしも同じ。終也のことが何よりも大切、誰よりも幸せになってほしい、と思っているの」

「でも。十織の当主は、あなたでなくても良いかもしれません。七伏と揉《も》めるくらいならば、あなたを見捨てる。そうに決まっている」

「あなたに終也のことが分かるの?」

「十織の当主のことは知らなくても、神在《かみあり》のことは知っています。血を繫《つな》ぎ、御家《おいえ》を守らなくてはならない。そこに個人の心は関係ないんですよ。……だって、神を失うことは、此《こ》の国の亡びに繫がるんですから」

「その人の心よりも、望みよりも、お役目が優先される?」

「それが神を持った家の責務です」

「だから、智弦様に恋をしているのに、明音はわたしに優しいの?」

明音は目を丸くした。まさか、真緒が気づいているとは思わなかったのだろう。気づくに決まっていた。明音が智弦に向けるまなざしは、終也が真緒に向けるまなざしとそっくりだったから。

「あたしは、智弦様の道具なんですよ。そうしてもらわないと何もできない。……あたしは、死ぬはずだったところを、先代様に助けられたんです」

明音は胸に手をあてて、話を続ける。

「死ぬ運命だったのに、生き残ってしまった。そうしたら、心に穴が空《あ》いて、どうやって生きれば良いのか分からなくなった。だから、道具にしてもらったんです。道具なら、使い道を決めるのは主人でしょう？　あたしの生き方は智弦様が決めてくれる。あたしのことを正しく使ってくれる」

道具。ひどく乱暴に聞こえる言葉を、彼女は宝物のように口にする。

彼女の気持ちを、本当の意味で理解することはできないのだろう。だが、彼女の覚悟が生半可なものではないことは伝わってくる。

文字通り、彼女は智弦に命を預けているのだ。

「七伏としては、香矢様と智弦様が結ばれるのが、いちばん望ましいです。智弦様だって、そう考えている。だから、あたしに異論はありません。……それにね、あたし、香矢様のこと、妹のように思っているんですよ。智弦様と一緒に、いつまでも守ってさしあげたい、と思っていました。その気持ちに嘘はありません」

明音の微笑《ほほえ》みには、真緒への憎しみはなく、親愛の情だけがあった。

「明音は、それで幸せになれるの？」

「幸せになれますよ。あたしは、智弦様と香矢様が結ばれるのを、ずっと傍で、道具としてお守りしたい。それが、あたしの恋です」

いまだ恋を知らぬ真緒に、彼女は告げる。それから、智弦様と仲直りしてくださいね、と言って、明音は部屋を出ていった。

真緒は触っていた反物を、そっと抱き寄せる。

他の反物と違って、途中まで織られているものの、何の柄を織り出そうとしたのか分からないものだった。

この反物を織っていた母も恋をしていた。その恋は成就《じょうじゅ》して、彼女は幸せな生活を送っていたのだ。

（母様は幸せだった？　愛する人と結ばれて、わたしを授かって）

顔も思い出すことはできないのに、織り機を動かす女性の後ろ姿が浮かぶのだ。丁寧《ていねい》に、丁寧に織りあげる人の顔には、きっと、いつも優しい笑みが浮かんでいた。

思えば、彼女が織っていた柄は、すべて彼女の幸福を象徴するものばかりだった。

雌雄《しゆう》が寄り添う鴛鴦《おしどり》は、仲の良い夫婦であることを。橘《たちばな》や鶴は、命がけで邪気祓《じゃきばら》いに臨《のぞ》む人の長生きを願ってのことか。

彼女は末永く、いつのときまでも仲の良い夫婦であることを祈っていた。

十織家に依頼のあった、嫁入り道具のことが浮かぶ。

あのとき、終也が教えてくれた文様は、婚家でも幸せでありますように、幸福な夫婦となれますように、という願いが込められていた。

きっと、母も同じように願いを込めて、祈りながら織っていたのだ。

母が、何を想って、真緒を花絲の生家に預けたのかは知らない。だが、決して真緒を憎んでいたからではない。

この館には、夫を愛し、授かった娘を愛し、幸せに暮らしていた機織がいたのだ。

(分かる気がする。母様が何の柄を織ろうと思ったのか。……織れなくなった理由も)

真緒は織りはじめた。遠い日、母がそうしていた日々をなぞるように。

織り機に向かう真緒を、ぼろぼろになった手鞠《てまり》だけが見つめていた。

六.

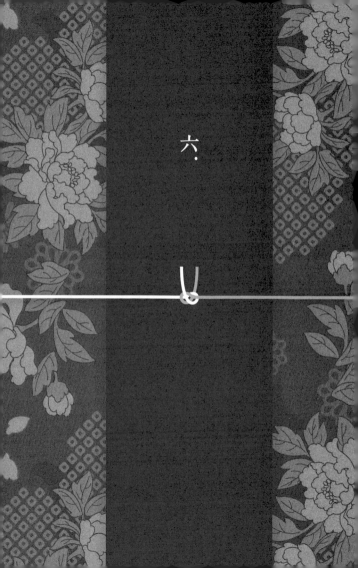

十三番目の神を有する家、登美岡《とみおか》。

彼の家が治める街は、昔から交通の要所でもあり、帝都《ていと》をはじめとした各地に通じている。その利便性によって、栄え続けている土地でもあった。

帝都発の鉄道に乗り込んだ終也《しゅうや》が、登美岡の領地についたのは昼過ぎのことだ。

終也は、日中の方が、この街を訪ねるには都合が良いことを知っていた。

この街は夜こそ賑《にぎ》わい、朝になると死んだように眠りにつく。昼間は、各地に移動するための駅舎や、いくつもの街道に続いている外縁部のみ稼働《かどう》しており、街中に限っては、ほとんど人気《ひとけ》もない。

だからこそ、終也を見咎《みとが》める者もおらず、都合が良いのだ。

七伏《ななふし》が治める森には、この街からしか入ることはできない。ここで足止めをされるわけにはいかない。

(他家の領地に、むやみやたらに入るものではない、と登美岡の女当主あたりは言うのでしょうね。そもそも、十織《とおり》と七伏が揉《も》めることにも眉《まゆ》をひそめそうです)

登美岡と七伏は一種の共生関係にあるので、七伏の肩を持つだろう。いくら、妻を攫《さら》われた、と終也が訴えたところで、理解されるとも思えない。

終也は急ぎ足で街を抜けると、七伏の森へと向かった。

余所者《よそもの》を拒《こば》むように、周囲を山脈で囲われた森だ。道を知らぬ者ならば、足を踏み入れたら最後、さまよい、力尽きるような場所だった。

だが、終也は迷うことなく、真緒《まお》のもとに辿《たど》りつける自信があった。

（まだ、糸は繋《つな》がっています）

終也の先祖は、縁を司《つかさど》る神だ。先祖返《せんぞがえ》りである終也は、見ようとすれば、その人に絡みつく縁の糸を捉えることができた。

自分と真緒の間に結ばれた——終也が結びつけた縁は、まだ切れていない。

常人ならばさ迷い、惑うであろう森を、終也はためらいなく進んでいった。

しばらく歩いて、遠くに茅葺《かやぶ》きの屋根が見えてきた頃だった。

終也を迎えたのは背の高い女だった。迎えたと言うよりは、外に出たところ、偶然、終也と出くわしたのだろう。

女は警戒するように、終也を睨《にら》みつけてくる。

「七伏の者ですか？」

それにしては、智弦《ちづる》とはまったく似ていない。むしろ、もっと別の人間を思い出させる顔だった。

「七伏にお仕えしているものです。明音《あかね》と申します、十織の御当主」

「僕のことが分かるのですか?」

意外なことに、女は終也の正体に気づいていた。終也が疑問に思っていると、彼女はきつく眉間《みけん》にしわを寄せる。

「子どもの頃、あなたのお父上を見たことがあります。そっくりです」

「ああ。父をご存じでしたか」

たしかに、自分の姿かたちは、顔立ちだけならば父親にそっくりなのだ。

弟である綜志郎《そうしろう》は母と似ているが、終也と志津香《しづか》は完全に十織家の顔なので、父の面影《おもかげ》が色濃く出ている。

一目でも、父を見たことがあるならば、血縁を疑うだろう。

「十織家は、涼しい顔して野蛮《やばん》ですね。父親は皇女を奪い、その息子は七伏の娘を奪ったのですから。そのうえ、図々《ずうずう》しくも押しかけてきた」

「野蛮?　僕は七伏の娘を奪ったつもりはありませんよ。ただ、攫われた妻を迎えにきただけです」

「攫ったのは、十織家でしょう?　七伏の娘ですよ」

「いいえ。あの子は十織真緒ですよ」

真緒の身に七番様《ななばんさま》の血が流れているとしても、終也だけは、彼女を七伏の娘として認めるわけにはいかない。

「あなたがそう思っても香矢《かや》様は違います。香矢様は、二度と、あなたに会いたくない、と仰《おっしゃ》っていました。十織家で虐《しいた》げられた、と。怖い目に遭《あ》っている、とずっと怯《おび》えていらっしゃいます」

氷のようなまなざしで、女は淡々と告げる。

終也は目を丸くして、それから声をあげて笑った。

「香矢とは誰でしょうか？　真緒のこと？　嘘をつくのならば、もっと上手《じょうず》にどうぞ。騙《だま》されてあげるのも馬鹿らしいです」

「嘘など！　無理やり娶《めと》ったことを、香矢様はずっと憎んでいました。やっと十織家から解放される、と。ひどい目に遭わせていたのでしょう？　無理やり機織《はたお》りをさせて、奴隷《どれい》みたいに扱ったくせに、よくも」

「あの子を奴隷のようにあつかっていたのは、僕ではありません。花絲《はないと》にまで探りにきていたでしょうに、まともな噂話《うわさばなし》一つ摑《つか》めないなんて呆《あき》れて物が言えません」

志津香の話では、七伏の人間が、花絲の街に現れたという。

真緒のことを探っていたそうなので、この女のもとにも、七伏智弦のもとにも、すでに真緒に関する情報が届いている。

だが、彼らが集めた情報など、当事者にあたったものではない。所詮《しょせん》、街に流れる、信《しん》憑性《ぴょうせい》も不確かな噂話だ。

だから、真緒を幽閉《ゆうへい》していた家と、十織家を混同してしまったのか。あるいは、違うと分かっていながらも、わざと混同しているのか。

七伏の人間からしてみれば、真緒が不幸であればあるほど都合が良い。

（不幸だから、七伏に連れてかえって幸せにする、と言える。本当に虐げられていたのならば、真緒のことだって説得できるでしょうからね）

真緒がひどい目に遭っているところを救い出した。そんな筋書きこそ、七伏が求めていたものだった。

「十織で虐げられていた、怖い目に遭っている。そのようなこと、真緒が言うはずありません」

真緒ならば、十織家での暮らしを、正直に話しただろう。不幸な日々ではなく、幸せなものとして語る姿が浮かぶ。

「あなたに何が分かるのですか！　あたしたちは香矢様が、香矢様が小さいときから、ずっと」

「小さいときしか知らないのでしょう。あなた方の知っていることは、十年以上も前のことです。いまの真緒を知らない」

　だから、終也と七伏の者たちは嚙《か》み合わない。終也がいまの真緒を見ている一方で、七伏の人間は生き別れた小さな女の子を見ている。

「……どうして、香矢様を迎えにきたのですか？　あなたは神在《かみあり》として正しくない」

「迎えにいくに決まっているでしょう？」

　七伏の人間は、終也が真緒を迎えにくるとは、つゆとも考えていなかったのか。

　終也にとっての真緒が、簡単に切り捨てられる存在と思われていたならば、ひどい侮辱《ぶじょく》だった。

「神在は、神を有するからこそ、此《こ》の国を守らなくてはならない。神在としての責務がありります。そこに個人の心は必要ありません。あなたにだって、分かるでしょう？　あの方は七伏の娘です、七伏にいることが正しい、と」

　邪気祓《じゃきばら》いの血を引く真緒は、悪《あ》しきものに抗《あらが》うために、七伏智弦と結ばれるべきだ。後世に神の力を遺《のこ》すために、一族の者として血を繫いでいくことが正しい。

「神在としての責務など、真緒と引き換えにできるものではありません」

　だが、正しさが何だというのか。

　たとえ間違っていたとしても、終也は真緒と一緒に生きたい。

「あなたは、神在の当主でしょう？　此の国を、民を守るために、最善の選択をしなくてはならない立場にある。香矢様ではなく、別の方を妻にするべきだ、と分かっているでしょう!?」

「分かっていないから、あの子を迎えにきました。……神在としての責務など、かえって、神の血が薄い人間の方がまともに守ろうとするのですね」

幽閉され、暗がりで機織りをしていた少女のことを思い出す。あの夜、少女の身体《からだ》には、太く、強固な縁の糸が結ばれていた。

けれども、その糸が結ばれた先は、終也ではなかった。

「神の血を継いでいるのならば、欲しいものを我慢などできません。だって、恋をしたのですから」

だから、彼女に結ばれた縁の糸を切ることに、ためらいなどなかった。

欲しいものを我慢できなかった。恋をしたから、運命でなくとも、彼女の運命になりたかったのだ。

明音の顔は、恐怖に染まっていた。得体の知れないものに遭遇《そうぐう》したように、彼女は肩を震わせる。

「怖いでしょう？　僕が。だって、僕は化け物ですからね」

自分の本性は、ちっとも優しくない。化け物として生まれて、母に拒まれた終也は、今も消えてはいなかった。

生まれたときから、終也は人間の環《わ》から弾かれていた。

人間のふりをして、人の世にまぎれるほど、終也の孤独感は浮き彫りになった。どうしたって、同じ生き物にはなれない、と突きつけられた。

「でも、こんな僕を美しいと言って、一緒に生きようとしてくれる子がいます。僕の愛する子は、人の世に在りながら、神様と一緒になって生きてゆく、という子なんです。……だから、僕は十織家の当主でいられる。あの子がいるから、神在としての責務を果たせる」

「香矢様は、ここにいる方が幸せになれます」

「真緒がそう言いましたか？」

明音は唇を噛むと、耐えきれない、とばかりに目元をこすった。潤んだ瞳には、悲しみではなく悔《くや》しさが滲《にじ》んでいた。

「最初からずっと、十織家に帰りたい、と仰っていました。……だから、あなたに諦めてほしかった。七伏と揉《も》めるくらいならば、十織家は香矢様を諦める。そう思いたかった。そうしたら、時間の流れが香矢様の心を変えてくれたでしょう。七伏から離れていたのと、同じだけの時間を過ごせば、きっと」

「無理でしょう。あの子は一途《いちず》ですから」

終也への気持ちを捨てて、何もかも忘れて、七伏で生きることはできない。

終也はそのまま、うなだれる明音の横を通り過ぎていった。

◇◆◇◆◇

まばゆい朝日が、七伏の館にも差し込んでいた。

夜通し織っていたものを手にとって、真緒は立ちあがった。一度だけ、飾り棚《だな》にある手《て》鞠《まり》を振り返ると、そのまま部屋を後にする。

(智弦様と、ちゃんと話さないと)

智弦は、館の端にある道場で、早朝から弓を引いていた。

射《い》る瞬間、音もなく放たれたのは光の矢だった。赤く輝くそれが、遠くに作られた的《まと》の中心へと吸い込まれてゆく。

不思議なことに、的には傷一つなかった。

光の矢は、物体を射貫《いぬ》くものではなく、邪気を祓うための特別なものなのだろう。

「怒っていたのではないか？」

昨夜の言い合いを気にしているのか、智弦は的を見つめたままで、真緒に視線を向けることはなかった。

「怒っていたんじゃなくて、分かってほしかったの」

「七伏を離れてから、お前が幸せであったことを？　俺には、そうとは思えないが。十織家に迎えられるまで、ずっと幽閉されていたのだろう。お前の母は立派な人だったが、その親族は違ったのだな」

「でも、それもわたしを形作った時間なの。たくさん怖いことをされた、痛いことをされたけど。わたしには、迎えにきてくれる人がいた」

暗がりのなか、終也と出逢《であ》った夜があった。あの夜を支えに織り続けた日々が、今の真緒に繋《つな》がっている。

機織として一途に織っていたから、終也が迎えにきてくれた。

「俺たちだって、お前を迎えにいきたかった」

明音や智弦の想いは嬉しいが、実際に真緒を迎えに来てくれたのは、彼らではなかった。それがすべてだった。

「わたしは、終也に迎えにきてほしかったの」

「……？　閉じ込められていたときから、十織の当主と知り合いだったのか？　嫁《とつ》いだとき、はじめて会ったのではなく？」

智弦は弓を下ろして、不思議そうに瞬きをする。

「一度だけ会っているの。五年くらい前のことかな」

「五年前」

何か引っかかるところがあったのか、智弦は独り言のようにつぶやく。真緒は首を傾《かし》げながらも、話を続ける。

「わたし、自分の名前も分からなかったの。香矢って呼ばれていたことも忘れて、名無しのまま、ずっと閉じ込められていた」

真緒は名も無き機織だった。名前が無いから、何一つ自分のものにできず、奪われてばかりだった。

「わたしの織ったものを、美しいって褒《ほ》めてくれたの。いつか名前をつけてくれるって、迎えにきてくれるって約束してくれた。……迎えにきてもらったとき、嬉しくて、幸せで。ぜんぶ夢なんじゃないかって思った」

あまりにも幸福だから、夢なのではないか、と怖かった。そんな真緒に、夢になどしない、夢だとしても死ぬまで夢を見せてあげる、と言ってくれた。

「終也のことが大好きなの。一緒にいたいの」

「お前がそうでも、十織の当主は違うかもしれない。お前のことを切り捨てて、もっと家にふさわしい相手を迎える、と疑わないのか？」

「疑わないよ。終也はわたしと一緒に生きてくれる。どんなに離れたって、……たとえ、わたしと終也を結ぶ糸が切れてしまっても、何度だって結んでくれる。だから、わたしも終也のところに帰るために、できることをするの」

「人の心は、儘《まま》ならないものだな。俺たちでは、ダメなのか？　お前を大事に想っているのは、俺たちだって同じだ」

「大事にしてくれるのは嬉しい。だから、智弦様たちに分かってほしかったの。分かったうえで、十織に帰してほしかった。……だって、わたしのことは、智弦様が背負うべきものじゃないから」

　真緒は抱えていた布を、智弦に見せるように掲《かか》げた。

「母様が織っていた反物《たんもの》で、ひとつだけ、途中で止めていたものがあったの。何を織るつもりなのか分からなかったけど、きっと、この柄《がら》にしたかったんだと思う」

　一晩かけて織ったものは、衣を仕立てられるような長さはない。だが、母が織っていたであろう文様が分かるくらいには織り出したつもりだ。

「手鞠？　子どもの遊び道具だろう」

「お守りでもあるの。あと、嫁入り道具として持たせることもあるみたい。……母様は、愛する人と結ばれて、娘を授かったから、この文様を織ろうとしたんじゃないかな。生まれた娘のお守りとして、嫁いだ自分の幸福を象徴するものとして」

思えば、きちんと最後まで織られていた反物も、彼女の幸福な結婚生活を象徴するような文様ばかりだった。

愛する夫を、愛する娘を想って、彼女は丁寧《ていねい》に織りあげたのだ。

真緒は機織だから、同じ機織のことは分かる。真緒を産んだ人は、七伏の領地で幸せに暮らしていた。

「母様は、すごく幸せだったの。幸せな思い出ばかり残っているから、七伏にはいられなかったの。……ここにいたら、その幸せが失われてしまったことを、何度も突きつけられるから」

終也の母――薫子《かおるこ》と逆なのだ。

薫子は、幸福な思い出が残っているから、夫を亡くした後も十織家に残った。夫が残してくれたものが、薫子が生きるための支えとなった。

しかし、真緒の母は違った。母にとって、幸福な思い出は痛みしか齎《もたら》さなかった。

七伏で暮らしている限り、幸福な思い出ばかりよみがえって、その幸福が失われてしまったことを突きつけられる。

過去が幸せであればあるほど、失われた今が悲しくて、苦しくて仕方なかったのだ。

「智弦様の責任じゃない」

智弦が不甲斐《ふがい》なかったから、真緒を連れて、出ていったのではない。智弦に力があろうとも、なかろうとも、彼女は森を出たはずだ。

智弦は顔を歪めた。まるで自分の責任であってほしかった、と言わんばかりに。

「どうして、そんなに自分を責めるの？」

「この地が《払暁の森》《ふつぎょう》と呼ばれるのは、いかなるときも、七番様《ななばんさま》が赤い花をつけているからだ。椿《つばき》の花に彩られた森は、夜明けの空のように赤く染まる。いつも花が咲いていることが正しい。……なのに、七番様は」

「花をつけない？　でも」

花をつけないことと、母が真緒を連れていったことは関係ないだろう。そう思ったとき、突然、智弦が弾かれたように顔をあげる。

「智弦様？」

「招いたつもりはないが。どうやら、客人が来たらしい」

智弦は弓を背負うと、真緒を置いて、道場の外へ向かった。真緒は慌てて、彼の背中を追いかけた。

館の外に出ると、そこには終也がいた。

「終也」

真っ直ぐに立っている姿は、怪我《けが》を感じさせなかった。帝都で別れたときの大怪我が、嘘のようだ。

（良かった）

終也が無事で良かった。堪《たま》らず、駆け出そうとした真緒を咎《とが》めるように、智弦が半歩ほど前に出た。

「何用だ。他家の領地に足を踏み入れるならば、相応の理由があるのだろう」

「攫《さら》われた妻を迎えにあがるのは、相応の理由にはなりませんか？」

「もともと、ここの娘だ」

「いいえ。僕の妻ですよ」

「認められない。七伏と揉《も》めるつもりか？」

「それでも構いません。――真緒を帰さないならば、七伏には今後一切、十織は反物を納めませんよ。邪気祓《じゃきばら》いを生業《なりわい》とする、あなた方にとっては困るはずです」

終也のまなざしには迷いがなかった。

「脅《おど》しか？　だが、邪気祓いができなければ困るのは民だ。神在《かみあり》にとっては波乱の時代でも、いま、民は平穏を享受《きょうじゅ》できている。それら全てを、たかが一個人の我儘《わがまま》で壊すつもりか。――俺たちは神を有する家として、此《こ》の国を《悪《あ》しきもの》から守る義務があるというのに」

終也は肩を震わせて笑う。

「僕が神在としての役目を果たすのも、此の国が平穏であってほしい、と願うのも、真緒がいるからです。……真緒がいないのならば、ぜんぶ亡ぼしたって構わない。僕は優しい人にはなれません。本当に欲しいものを、僕の運命を手放すくらいなら、ぜんぶ壊したって良い」

「終也！　それはダメだよ。せっかく家族みんなで過ごせるようになったのに」

「君だって家族でしょう？　君がいない家に、何の価値があるんですか」

終也は続ける。

幽閉《ゆうへい》されていた真緒を迎えに行くために、立派な当主になろうと思った。真緒を迎えてからは、真緒を守る力を持つために十織家の責務を全《まっと》うしようとした、と。

そのとおりで、終也は当主として強くあろうとしていた。立派に勤めを果たしていることを、真緒は知っている。

「お前の運命？　違うだろう。無理やり運命にしただけだ」

智弦のまなざしが、終也のことを真っ直ぐに射貫《いぬ》く。

「智弦様？」

「三年前の冬だ。俺は香矢の手がかりを摑《つか》んで、花絲の街に向かったことがある」

「え？」

はじめて聞く話だったが、あり得ない話ではない、と思った。智弦は、十年以上、行方《ゆくえ》不明となった真緒を探していたのだ。

彼が探していたのは、七伏の領地付近に限った話ではない。邪気祓いで各地を回りながら、常に情報を求めていたに違いない。

そうして、三年前の冬、彼は真緒に繫《つな》がる手がかりを摑んだ。

「香矢の母は、七伏に嫁ぐとき、生家を捨てた。だから、花絲の街にだけは戻らない、と思っていたが。――あるとき、花絲に戻っていた、という話を聞いた」

智弦にしてみれば、花絲の街は、最も可能性の低い場所だったのだろう。しかし、そこに母子がいるならば、と智弦は懸《か》けてみることにした。

「なのに、確かだったはずの手がかりは役に立たず、何の情報も得られなかった。……今ならば、それが異様なことだと分かる」

「……何を、おっしゃりたいのですか？」

「まるで、何かに操られるように、俺のもとには香矢の情報が入ってこなかったんだ。そんなことはあるのか？」

「わたしは幽閉されていて。だから……」

「幽閉されていても、お前の織ったものは有名だったのだろう？　花絲には《織姫《おりひめ》》と呼ばれる、優れた機織がいる。そんな噂《うわさ》さえ、当時、俺の耳には入らなかった」

「それは」

「なあ、十織の御当主。お前は先祖返《せんぞがえ》りと聞く。力の強い子だから、ずいぶん持て余されたとも。そうだろうな、神に近いということは、身体《からだ》だけでなく、心までも神に近い、ということだ」

智弦のまなざしには、わずかに畏《おそ》れがあった。

終也のことを同じ人間ではなく、人の営《いとな》みの外側にある、痛ましいものとして捉えているかのように。

「香矢の縁を切って、自分に結びつけたのだろう?」

真緒は目を見開いた。

その人には、その人に与えられた縁がある、と終也は教えてくれた。

ふつうに暮らしていたら、死ぬまで切れることのない、その人の行く末に絡みつく糸がある、と。

(わたしの、縁?)

真緒にだって、生まれたときから与えられた縁があった。

「俺と香矢は、同じ一族で、許嫁《いいなずけ》だった。俺には十織家の言うところの縁を見ることはできないが、俺と香矢の間に、何の縁も結ばれていなかったとは思えない」

智弦は確信していた。縁の糸が切れてしまったから、糸を切られてしまったから、香矢を見つけられなかった。

冷たい朝風が、終也と真緒たちの間を吹き抜ける。

「神様は欲しいものを我慢できません。人間の営みの外にあるものだから。——僕を美しい、と。醜《みにく》くなんかない、と教えてくれた女の子がいました。でも、その子は、僕の運命ではなかった」

終也は一言、一言を嚙《か》みしめるように言う。

「僕の運命でないのなら、僕の運命にするしかないでしょう？　だって、真緒以外の運命なんて、僕は要らないのだから」

終也は微笑《ほほえ》む。宝石のような緑の瞳は、いつもと変わらず優しかった。真緒を慈《いつく》しみ、大事にしてくれた男のままだった。

「それが、香矢を苦しめることになっても、か？　香矢、お前は本当ならば、もっと早く幽閉先から助け出されるはずだった。俺が見つけてやれるはずだった！　この男は、お前を手に入れるために、お前の苦しみを引き延ばした！」

「違う」

「何が違う！　この男は自分の幸福のためなら、何を踏みにじっても良かった。お前が苦しもうが、つらい目に遭《あ》おうが、自分の望みを優先する。どうして！　どうして、そんな男のもとで、お前が幸せだと思える？」

真緒の両肩を摑んで、智弦は血を吐くように叫ぶ。

「……っ、違うの！」

真緒は首を横に振って、智弦の手から逃れる。そうして、真っ直ぐに終也のもとへ駆け出した。

「終也に苦しめられたことなんてない。──憶えているの。終也がわたしに優しくしてくれたことを。奪われるばかりだったわたしに、何かを与えようとしてくれたのは、終也だけだった」

真緒は手を伸ばして、終也の片手を摑んだ。ぎゅっと小指を絡めるように、その手を握りしめる。

終也は何も言わずに、真緒の手を握り返してくれた。

「機織りのことを褒《ほ》めてくれた、名前をつけてあげるって言ってくれたのは、智弦様じゃない。……もしもの話なんて、何の意味があるの？　わたしが迎えにきてほしかったのは、終也だよ。最初から結ばれていなくたって、運命じゃなくたって！　わたしは終也の運命でありたいよ」

「香矢！」

「ごめんなさい。わたしは香矢じゃない、真緒なの。終也が名前をつけてくれた、終也の機織さん。……智弦様は、誰を見ているの？　あなたの目に映るわたしは、やっぱり小さな女の子のまま？」

　彼が真緒に接するとき、いつも年下の――小さな女の子に対するような態度だった。そのまなざしは、いつだって七伏から連れ出される前の、幼い少女に向けられていた。

「あなたが失った、取り零《こぼ》したって思っている女の子は、もう何処《どこ》にもいない。ここにいるのは、大好きな人と一緒になった幸福な機織だけ」

　智弦は傷ついたように目を伏せる。

「十年以上、ずっと探し続けた。……俺に力がなくて、守ることができなかった。妹のように可愛《かわい》かった女の子を。俺に力があれば、当主としてしっかりしていれば。この森で、大事にしてやれた！」

　最初からそうだった。智弦はいつも自分を責める。

　すべての原因を、己に求めるかのように。他者を憎まず、ただ己ばかりを憎むような人だった。

「どうして。どうして、ぜんぶ、自分に責任があるように言うの？　ぜんぶ、背負おうとするの。それは、本当に智弦様が背負うべきものなの？」

　真緒が言っていることは、きっと智弦の生き方を否定することだ。だが、言わずにはいられなかった。

『智弦様は、七伏の御当主として立派に勤めを果たしているんです。むかしも、今も』

明音は、いつだって智弦は立派な当主だったと言った。誰よりも傍にいた彼女が口にした言葉こそが、真実ではないのか。

「あなたは、立派に神在《かみあり》としての役目を果たしてきた。今日まで一族を、此《こ》の国を守ってきたのに」

「ならば。ならば、どうして。どうして、七番様は花をつけない？」

喉《のど》から絞《しぼ》り出したような声だった。怒鳴り声ですらなかったことが、かえって痛烈に、真緒の胸に突き刺さる。

七伏で生まれ育った彼にとって、花をつけない光景は、どれほど残酷《ざんこく》に映ったか。

「俺たちは、皆、七番様の子どもだ。誰もが七番様に愛されて生まれてくる。……だから、愛する子どもを奪われたことを、七番様はお怒りになっている。俺が、俺が守れなかったから、七番様のもとから香矢を奪ったから！　失った子を、連れていかれてしまった香矢のことを、お怒りなんだろう？」

ようやく、すべてが繋がった。

今までの智弦は、七番様が花をつけない理由に心当たりがあると言っても、詳細までは語らなかった。

「わたしがいなくなってから、七番様は花をつけなくなったの？」

真緒は、そっと終也の手を離した。彼は、それを許してくれた。

真緒は打ちひしがれる智弦のもとに向かう。節《ふし》くれ立った指を包み込むように、彼の手をとったとき、幼い日の記憶がよみがえるようだった。

この手に抱きあげられて、夜空を眺めたことがあった。椿《つばき》の森を歩きながら、この人は教えてくれた。

『お前の目は特別だから、きっと冬の天《あま》の川《がわ》も見えるだろう』

「わたしたちの目は特別だから、冬の天の川だって、あんなに遠くにある星の光だって、簡単に見えてしまう。……でも、遠くの空ばかりを見ていたら、本当に大事なものを見落としてしまうことも、きっとあるの」

智弦は、遠いものばかりを見つめてきた。失われてしまった香矢という少女――彼が取りこぼした遠い過去ばかりを見ていた。

「七番様に、会いにいきたいの」

真緒には、この人を抱き上げることはできない。

それでも、過去ばかりを見ている彼に、今ある大事なものを教えてあげることは、できるはずだ。

◇◆◇◆◇

七番様がおわす場所は、七伏の館よりもさらに森の奥深くにあった。

群れなす椿は、七番様そのものだという。

いかなるときも赤い花に彩られていた場所は、今は花をつけず、寂しいばかりだ。

椿の葉が揺れる音が、もの悲しく響いて、まるで泣いているようだ、と思った。

智弦の手を引きながら、真緒は七番様に近づく。少し離れた場所から、その様子を終也が見守ってくれた。

ふと、真緒は後ろに引っ張られるように足を止めた。これ以上進むことを恐れるように、智弦が足を止めていた。

「……香矢が失われてから、ずっと遠目にすることしかできなかった」

智弦はうつむく。花をつけていない、七番様から目を逸《そ》らすように。

「七番様が、怒っているって思ったから？」

「そうだ。力の無かった俺を、香矢を守ることのできなかった俺を、七番様は許さないだろう」

「じゃあ、確かめに行こう？　本当に怒っているのか」

弾かれたように、智弦は顔をあげる。

「智弦様は、ちょっと真面目《まじめ》が過ぎるんだと思うの。なんでも自分のせいにしたがる。すごく立派だけど、あなたを大切に思う人は、きっと悲しい。……あなたのせいじゃないことも、あなたは背負っちゃうから」

「俺の、せいじゃないこと？」

「智弦様を責めるのは、いつだって智弦様自身だよ。母様でも、七番様でもないの」

智弦の手は震えていた。親に叱《しか》られることを恐れる、小さな子どものようだった。

「……本当に、七番様が怒っていたら？」

「そのときは一緒に謝ってあげる。過去はなかったことにならないけど、未来では仲直りできるかもしれないでしょ？」

真緒は、過去をなかったことにせず、過去を抱えたまま、未来を夢見るようになった家族を知っている。

もう一度、智弦の手を引く。今度は、彼が足を止めることはなかった。

群れなす椿の森に足を踏み入れたとき、くらくらとするような酩酊《めいてい》感と、懐かしさに襲われる。幼い頃のことは、ほとんど憶えていないが、この身体《からだ》には確かに残っていたものがあるのだ。

あるいは、真緒の身に流れる血が憶えていたのだろうか。

「ただいま」

愛されていた。

憶えていなくとも、生まれたときからずっと愛されていたのだ。

――ぽたり、と落ちたのは、赤い椿の花だった。

見る見るうちに、周りの椿に花がつきはじめる。おかえり、と告げるように。会いに来てくれてありがとう、と言ってくれるように。

夜明けの空のように、森は赤く染まる。

まるで天から零《こぼ》れるように、赤い花が降ってくる。慰めるように頰《ほお》を撫《な》でる、花の雨のなか、智弦は立ち尽くしていた。

「七番様は、寂しかっただけなんじゃないかな。だから、智弦様は悪くない。ずっと、あなたは立派だった。――神様は、わたしたちと一緒に生きているんだもの。わたしたちを悲しませたり、苦しませたりするものじゃないんだよ」

智弦の右目から、つう、と涙が流れる。泣いたことに驚いたのか、彼は困惑したように瞬きを繰り返す。

この人は、ひたすらに自分を罰しながら生きてきた。決して、他者に責任を求めず、己の至らなさばかりに目を向けてきた。

自らを守るよりも、自分以外にばかり心を遣ってしまう人なのだ。

真緒は智弦の手をぎゅっと握りしめる。この手に守られていた時期が、真緒にもあったのだろう。

「わたし、すごく幸せなの。終也がいて、十織の人間になれて。智弦様には、わたしが不幸に見える？」

智弦は首を横に振った。認めることを拒《こば》んでいた事実を、受け入れるかのように。

「わたしは七伏香矢じゃなくて、十織真緒として生きてゆくの。……でもね、もし、智弦様が良いよって言ってくれるのなら。ここを故郷だって、思ってもいい？　あなたのこと、本当の兄様みたいに思ってもいい？」

ずっと、七伏香矢と十織真緒を別人のように感じていた。

過去はなかったことにならない、と思いながらも、憶えていない幼少期など、真緒と終也を引き離してしまう名前など、真緒には認められなかった。

だが、そうではないのだ。

何もかも繋《つな》がっている。この土地で、大事に守られていた香矢という少女がいたから、今の真緒がいるのだ。

七番様のもとに来て、愛されていたことを知ったから、そう思うことができる。

「……俺は、ずっとお前の兄のつもりだった。今も昔も」

智弦は、祈るように真緒の手を、自らの額に引き寄せた。言葉どおり、この人はずっと真緒を妹として愛してくれていたのだろう。

恋ではなくとも、人生を共にしよう、と思ってくれていた。

「ありがと。ねえ、兄様。わたしに、あなたの無事を祈らせてくれる？　あなたが命をかけて戦うのなら、その命がいつまでも続くように祈りながら、織るから」

終也に視線を向けると、彼は困ったように眉《まゆ》を下げてから、大きな溜息をひとつ。

「真緒の望むとおりに。七伏家に納める反物《たんもの》は、これからは全部、君が織ると良いでしょう」

涙で顔をぬらした智弦は、子どものように首を傾《かし》げる。

「先ほど、七伏にはもう何も納めないと言っただろう」

「……真緒を帰してくれないなら、と言ったでしょう。僕は、真緒の望みなら、なんだって叶えてあげたいんです。あなたがどうなろうと気にしませんが、真緒は気に病むでしょうから」

「そうか。お前は、香矢を……違うな。真緒を優先してくれるのだな」

「神在《かみあり》として失格、とおっしゃいますか？」

「俺の手で守れないのならば、それくらいの方が安心だ。真緒、お前はきっと、七番様のもとに還《かえ》ることはないのだろうな」

かつて、智弦は教えてくれた。

七伏の者は、死して七番様のもとに還る、と。だが、真緒の還るべき――帰るべき場所は、もうこの椿の咲く場所ではない。

「いってきます」

真っ赤な椿が揺れるなか、真緒はつぶやいた。

いってらっしゃい、と優しい神様が、真緒を送り出してくれた気がした。

◇◆◇◆◇

人も獣も寝静まった真夜中、七伏智弦は椿の森を歩く。

たくさんの赤い花が、夜風に揺れる度《たび》に、懐かしさで胸がいっぱいになった。先代が生きていた頃、香矢を連れて、よく森を歩いたものだ。

真緒の言うとおり、七番様は寂しかっただけなのかもしれない。

慈悲《じひ》深い神なのだ、と智弦は知っている。

智弦たちのあつかう弓は、七番様の一部から作られる。彼の神は、いつだって自らの末《まつ》裔《えい》たちに寄り添おうとしてくれる。

七伏の者が邪気祓《じゃきばら》いに臨《のぞ》むときは、七番様が共に在るのだ。

（真緒。あの子はもう小さな香矢ではないのだな）

智弦と一緒になるはずだった娘、許嫁《いいなずけ》だった香矢は、真緒という機織となった。智弦ではない男のもとで幸せに生きる。

香矢という名は、先代がつけたものだった。七伏の娘であることを示すために、七伏にとって馴染《なじ》み深い《矢》の字を与えた。

皮肉にも、それが彼女の運命を変えてしまったのかもしれない。

（あの子は矢だった。だから、戻ることはないのだな）

放たれた矢は、二度と戻らない、そうあるべきだと分かっている。それでも、あの子は、この地を故郷と言ってくれた。

七伏の家に戻ることはなくても、きっと会いにきてくれる。

「智弦様、こちらにいらっしゃったんですか」

ふと、薄闇に柔らかな光が浮かび上がった。椿の木陰から現れたのは、灯りを携《たずさ》えた明音だった。

「よく、俺がここにいると分かったな」

「分かりますよ。あなたの道具として、もう二十年はお仕えしていますからね」

二十年。いつのまにか、それほど長い時間が流れたのか。

悪《あ》しきものにより全てを奪われて、ただ一人だけ生き残ってしまった少女を連れてきたのは、先代――香矢の父だった。

明音は、そのことに恩を感じたのか、もとの身分を捨て、七伏家に仕えるようになった。同い年であった智弦の従者となり、誠心誠意、仕えてくれた。

「お前は、七伏から出ていかないのか？　本当ならば、先代が亡くなったとき、出ていっても良かったはずだ。お前が恩を感じているのは先代だろう」

「なんで、そんな意地悪なことをおっしゃるんですか？　……あなたが命じるなら、出ていきますけど」

明音は拗《す》ねたように言う。それは嫌だな、と智弦は思った。

『遠くの空ばかりを見ていたら、本当に大事なものを見落としてしまうことも、きっとあるの』

頭に浮かんだのは、真緒が教えてくれたことだった。

（本当に大事なものを見落としてしまう、か。近くにあるものは、遠くにあるものよりも見えにくい。たしかに、そうかもしれない。俺はずっと遠くにある香矢を、過去を見てばかりで、すぐ傍にあるものは見えなかったのか）

「もしかして、寂しいのですか？　明日、香矢様……じゃなくて、真緒様、十織に帰ってしまいますし」

「いいや。お前がいるから、寂しい、と思ったことはなかったよ。今も昔も」

「……突然、そういうこと言わないでください」

明音は頬を赤く染める。可愛《かわい》らしい反応をする従者に、智弦は笑う。

香矢を取り戻さなくては、という気持ちはあった。だが、それは寂しさとは別の、焦燥《しょうそう》にも似た想いだった。

「妹のように、あの子を可愛がっていたのは。俺だけではなく、お前もだったな。お前の膝枕で眠るのが好きな子だった。甘えん坊で、好きなものには一途《いちず》な子だった。びっくりするくらい固執する」

「あたしが作った、あんな不格好な手鞠《てまり》を、ずっと離さなかったですからね。可愛くて仕方なかった。智弦様と一緒に、ずっとお守りするんだって思っていました」

小さな香矢は、智弦にとって守るべきものの象徴だった。顔も知らぬ無辜《むこ》の民を、あの柔らかな少女を通して見ていたのだ。彼女が幸福で、いつまでも笑っていられる国にしたかった。

それだけで、命かけて邪気祓いに臨む理由になった。

「一途なところは、お前に似たのかもしれない。ところで、ひとつ頼み事があるんだが」

明音は苦笑いする。

「頼み事なんておっしゃらず、命令してください。あなたが命じることは、ぜんぶ正しいのですから。あたしを正しく使ってくださる、今も昔も」

今も昔も、この娘は智弦の道具である、と言って憚《はばか》らない。自らを卑下《ひげ》しているのではなく、まるで智弦の道具であることが、誇りであるかのように言うのだ。

いつだって、全幅の信頼を寄せられていた。

弓のようなものかもしれない。放たれた矢と違って、すぐ傍で、ずっと智弦に寄り添ってくれるものだ。

だから、智弦は迷わない。彼女を正しく使うことを。

「生きているときも、死んだ後も離れず傍にいろ。ともに椿《つばき》の森に還ろう、――」

もう誰も知らぬ、彼女の本当の名を呼ぶ。

明音という名は、彼女が七伏に来たときつけられた仮の名前だ。

――夜明けの空が赤く染まるように、彼女が払暁《ふつぎょう》の森に、七伏に馴染めるように。

先代は、何処《どこ》にも行けぬ、本当の名前を名乗ることも許されない少女を憐《あわ》れんで、明け方の空を由来とする名を授けたのだ。

椿の赤に彩られた森が、払暁の森と呼ばれるのに揃えて。

貴《とうと》き人だったのに、出逢《であ》った頃の言葉遣いを捨て、柔らかな身体《からだ》を鍛え、別人のようになった娘だ。七伏に連れてこられたか弱い姫君は、もうそこにはいない。

ならば、智弦が貰《もら》い受けても構わないだろう。

七伏の者は、死してから七番様のもとに還る。香矢の名を捨て、真緒となった娘は、死後、ここに還ることはないだろう。

だが、この女だけは、それを許すことができない。

智弦と同じ場所に還ってほしい。

「ずっと傍におります。あたしは智弦様の道具ですからね」

やはり、弓のような女だ。

生涯《しょうがい》、智弦とともに戦う道具であり、武具なのだ。

ぽたりと赤い花が落ちるのを眺めながら、智弦は女の肩を抱く。自分たちは、いつかこの森に還ることを夢見ながら、生涯、戦い続けるのだ。

◇◆◇◆◇

花絲に帰る日は、雲ひとつない澄んだ青空だった。

館の外で、終也は支度《したく》をしている真緒を待っていた。

ぐるりと見渡した七伏の館は、終也の生まれた十織邸とも、長く過ごした帝都とも趣《おもむき》が違う。一泊することになったので、中の様子も見せてもらったが、馴染みのないものばかりで戸惑いも多かった。

すべてがすべて、終也の人生とは縁遠い場所だった。

もし、真緒が外に連れ出されることなく、この地で一生を過ごしたとしたら、終也と彼女が出逢うことはなかっただろう。

あり得たかもしれない日々を想像しただけで、背筋が寒くなった。

(真緒と出逢わなければ、僕は、きっと本当の化け物になっていたのでしょう)

終也は、生まれたときから人間の環《わ》から弾かれていた。人の世で暮らせば暮らすほど、いかに自分が孤独で、異質な存在なのか突きつけられた。

その苦しみに、いつか終也の心は耐えきれなくなったはずだ。

神の血を引かぬ人々を羨《うらや》み、憎んで、何もかも壊してしまったかもしれない。

（真緒にだけは、怖がられたくない）

真緒は、たとえ運命でなくとも終也が良い、と言ってくれたが、終也が過去に何をしたのか知ってしまった。

出逢った夜、彼女に結ばれていた縁を切ったことを。

再会してから、終也に結びつけたことを。

彼女の縁を切ったことも、自分に結びつけたことも、終也は後悔《こうかい》していない。過去に戻れたとしても、何度だって同じことをする。

他の誰に責められても、終也の気持ちは変わらない。

だが、真緒だけは別だった。彼女に怖がられて、否定されることだけは、耐えられそうにない。

「義弟《おとうと》」

足音もなく近づいてきた男は、開口一番、そう終也のことを呼ぶ。終也は自分の頬《ほお》が引きつるのを感じた。

「……あなたを、お義兄《にい》さんと呼ぶのは、遠慮《えんりょ》しておきます。そもそも、あなたと真緒は

義弟だろう？」

「実の妹のように可愛がっているのだから、俺はあの子の兄だ。あの子の夫ならば、俺の義弟だろう？」

智弦は幼い子どものように首を傾《かし》げる。眼帯に覆《おお》われていない右目も、その顔立ちも、真緒とそっくりだった。

姿かたちだけではなく、おそらく性根も似ている。

七伏の血がそうさせるのか、それとも、この男が真緒の幼少期に寄り添っていたから、真緒と彼が似ているのか。

こちらが居《い》た堪《たま》れなくなるほど真っ直ぐだった。

後ろ暗い人間からすれば、あまりにも眩《まぶ》しくて、喉《のど》から手が出るほど欲しいが、近寄りがたくもある。

「終也、と呼んでください」

「そうか。では、俺のことも、智弦、と呼ぶと良い。義兄《あに》と呼びたくなった頃にでも、そう呼んでくれ。長い付き合いになるだろう、俺が死ななければ」

物騒なことを、何てことのないように智弦は言う。

邪気祓《じゃきばら》いは命がけ、明日も命があるとは限らないことを、七伏の者として嫌というほど理解しているのだ。

「生きてもらわねば困ります。あなたが死んだら、真緒が気に病むでしょう」

「約束はできないが、努力はしよう。——お前に頼みがある。あの子を幸せにしてくれ、とは言わないが……」

「僕には何も期待できませんか？　あの子の縁を切ったから」

終也は思わず、智弦の話を遮《さえぎ》ってしまう。

「いいや。そのことは、もう気にしていない。あの子が良しとするならば、お前が運命であろうがなかろうが、あの子の意志を尊重しよう。……もう、俺の探していた小さな女の子ではないのだから」

「では、何故？　僕は、あの子を幸せにするつもりです。娶《めと》ったときから、いいえ、出逢ったときから、ずっと」

「ほんの少しだが、大きくなった香矢と……真緒と、ともに暮らした。だから、分かる。あの子は、自分で自分の幸福を選びとれる。お前に幸せしてもらう必要はない」

智弦の言葉を否定することはできなかった。

真緒は、終也よりも強い子だ。肉体的な話ではなく、しなやかで、折れることのない心を持っているという意味だ。

終也が幸せにしてあげなくとも、自分の手で幸福をつかみ取れる。

「ただ、お前がいないと、あの子の幸せは欠けてしまうようだ。だから、生きろ。生きて、必ずあの子の元に帰る、と誓ってほしい。……そうでなければ、送り出せない」

「あなたに言われなくとも、必ず」

そのとき、七伏の邸から真緒が出てきた。付き添っているのは智弦の従者だ。たしか、名は明音だったか。

おそらく、仮の名前なのだろうが。

七伏の館に来て、彼女と相対したときから感じていたが、智弦や真緒とは似ていない。むしろ、もっと別の――終也のよく知る人々と重なるのだ。

（あの顔立ち、どう見ても母様や綜志郎と似ていますからね。帝《みかど》の落胤《らくいん》か、はたまた冷遇されて見捨てられた皇女か。……案外、七伏が帝に売られたという恩は、当主交代のときに起きたであろう揉《も》め事《ごと》ではなく、彼女のことだったのかもしれない）

皇女がいることを、見て見ぬふりをする代わりに、と。

そんな風に言われたら、智弦は従ったはずだ。真っ直ぐな気質の男だから、ずっと仕えてくれている従者のためならば無理は通す。

なぜなら、真緒が同じ立場であったなら、そうするだろうから。

「終也！」

駆け出した真緒を、明音が心配そうに見つめている。転びやしないか、とはらはらしている様子に、終也は溜息をつく。

真緒は、終也以外からも、ずっと愛されていた。

かつて、暗がりで機織りをしていた少女には、太く、強固な糸が絡みついていた。それだけ強く、真緒が思われていた証《あかし》だった。

（縁が太くなるのも、当然だったんでしょうね。十年以上も、行方《ゆくえ》知らずの幼子を探していたくらいなのですから。智弦も、この従者も）

真緒を愛しているのは、終也だけではなかった。だから、終也だけのものにできるはずもなく、終也だけの真緒にしてもいけないのだ。

彼女が笑って生きられる場所は、人の世なのだから。

終也は目を伏せる。嬉しそうに見つめてくる赤い瞳が、今ばかりは、少しだけ怖いと思ってしまった。

彼女の瞳は、真の姿を映し出すものだ。

椿《つばき》色をした瞳の前には、終也の心にある後ろ暗さも、醜《みにく》さも、すべて剝《む》き出《だ》しになっている気がする。

（君の目に映る僕は、化け物になっていませんか？　僕は今も、君が美しいと言ってくれた、僕のままでいられますか？）

人間の理《ことわり》など知ったものか、と囁《ささや》く声があるのだ。

人の世で生きたい、と、ふつうの人間になりたい、と願う気持ちと同じくらい、終也の胸には諦念《ていねん》がある。

（たとえ、君の運命でなくとも。僕は、君の運命でありたい）

「帰りましょう、真緒。僕たちの家に」

自分は先祖返《せんぞがえ》り。神様に近い者。

だから、きっと人間のような愛し方はできない。

終.

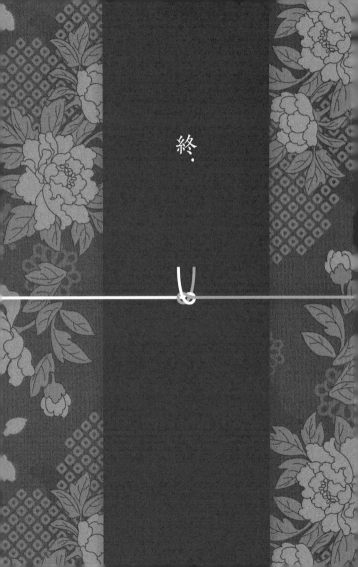

いろいろな波乱のあった新婚旅行から、しばらくの時間が流れた。季節はいよいよ秋の終わりを迎えて、冬の足音が近づいてくる。

真緒《まお》が嫁《とつ》いできた季節が、もう少しでやってくるのだ。

「義姉様《ねえさま》。朝から申し訳ないけど、お届けものよ」

早朝から、真緒の工房に顔を出したのは志津香《しづか》だった。織り仕掛けをしていた真緒は、手を止めて、志津香を迎えいれる。

てっきり志津香だけと思ったが、彼女の後ろには使用人たちの姿があった。

彼らは志津香に指示されるまま、工房に大きな荷物を運び込んでくる。

「織り機？」

真緒が戸惑っていると、志津香が、つん、とした態度で口を開く。

「七伏《ななふし》からの贈り物よ。義姉様たちが戻ってすぐ、木材が送られてきたの。自分のところは弓しか作れないから、織り機にしてほしい、と」

真緒は察した。おそらく、この織り機の材料となったのは、七番様《ななばんさま》だ。

七伏のあつかう邪気祓《じゃきばら》いの弓は、七番様の一部をもって作られる。同じように、真緒のために織り機を作ろうとしてくれたのだ。

邪気祓いに臨《のぞ》む七伏の人間が、常に七番様と共にあるように。

その血を引く真緒にも、七番様の加護があるように、と願ってくれたのか。

「義姉様を攫《さら》った七伏と仲良くするのは、とっても腹が立つけれど。貰《もら》えるものは貰いましょう。嫁入り道具だそうよ」

「え？」

「義姉様が、身一つで嫁いだことを気にしていたみたい。そう言われたら、断るに断れないでしょう？」

十織家に嫁いだとき、真緒は何も持っていなかった。真緒はもう気にしていないが、当時のことを知って、智弦《ちづる》には思うところがあったのかもしれない。

智弦からの心遣いは、純粋に嬉しかった。

何よりも、織り機を嫁入り道具としてくれたことに、胸がいっぱいになる。

機織《はたおり》であることを強《し》いられているのではない。真緒が望んで、誇りを持って織っていることを、理解してくれたのだ。

「良い人だったよ、智弦様」

「そうでしょうね、邪気祓いの一族だもの。真っ直ぐで、清廉《せいれん》で、腹が立つほど正しい男だったのでしょう？　――兄様、ちゃんと義姉様を連れて帰ってくれて良かった。ひとりで帰宅しようものなら追い返していたわ」

「そんな。終也《しゅうや》、当主なのに」

「義姉様のいない家なんて、どうせ、どうでも良いと思っているわ。あの人が神在《かみあり》としての役目を果たそうとするのも、表向きは人に優しくあろうとするのも、ぜんぶ義姉様のためだもの。――神在の当主としては失格かもしれないけれど、義姉様の夫としては悪くないのかしら」

「志津香」

「それに、家のことならば、私も綜志郎《そうしろう》も、母様だっている。当主だからといって、兄様ひとりで背負うべきものではないでしょう？」

「みんなで支え合う？」

「そうよ。義姉様がいるから、私たちはそんな風に支え合えるの。……七伏は、どうだった？　義姉様にとっては、十織《とおり》より居心地が良かった？」

恐る恐るといった様子で、志津香は聞いてきた。

「ううん。わたしの家は十織だから。少しだけ意地っ張りで可愛《かわい》い弟妹と、情の深いお義《か》母様《あさま》と、優しくて美しい旦那様《だんなさま》のいる」

「意地っ張りじゃないわ」

「そうかな？　でも、意地っ張りなところが可愛いんだもの」

「可愛いなんて。私、義姉様よりも年上なのよ」

「年上だけど義妹《いもうと》だもの。可愛いなって思うの」

真緒は、志津香も綜志郎も、薫子《かおるこ》のことも好きだった。

嫁いだばかりの頃はいろいろあったが、少しずつ仲良くなっている女中をはじめとした、この家の人々のことも好いている。

「わたし、立派なお姉さんになるね。お姉さんと、お兄さんが、どんな人なのか分かったから」

「なあに、それ？」

真緒が真緒となる前に、愛してくれた人たちがいた。

真緒は、十織真緒以外の何者にもなりたくなかった。だから、七伏香矢《かや》――過去の自分は別人と思いたかった。

それは間違いで、真緒の根っこには、七伏香矢という少女がいるのだ。

真緒の素地がつくられたのは、七伏香矢であった頃なのだ。愛されて、大事にされてきたから、終也や志津香たちのことも、大事にしたいと思える。

幼い真緒を愛してくれた智弦たちに、いまの真緒は感謝している。

「わたしには、兄と姉がいたんだなって、話だよ」

「義姉様の家族は十織だけ、と言いたいけれど、兄と姉なら許してあげる。私も綜志郎も、弟妹だものね。家族が増えるのは良いことでしょう？」

志津香はそう言って笑う。

「うん。とっても素敵なこと」

いつか、真緒は椿《つばき》の森を訪ねるだろう。

自分を愛してくれた兄姉と、七番目の神に会いに。真緒の家は十織だが、赤い椿に彩られた森は、真緒の生まれ故郷なのだから。

「だから、兄様は嫉妬《しっと》しちゃダメよ。帰ってきたら帰ってきたで、ずっと不機嫌で敵《かな》わないんだもの」

志津香が振り返ると、終也が工房に入ってくる。ずっと話を聞いていたのか、気まずそうに彼は視線をさまよわせる。

「不機嫌なんて、そんなことは」

「不機嫌でしょう。言ったはずよ、私にも、兄様のことが少しは分かるようになってきた、と。笑っているのに、笑っていないときとか」

志津香は肩を竦《すく》めて、工房から出ていった。今日は、大事な客人との約束があるそうなので、仕度《したく》に向かったのだろう。

「良かったのですか?」

「……?　何が?」

「十織に帰ってきて。僕が何をしたのか、君は知ってしまったから」

人には、生まれながらの縁がある。ふつうに暮らしていたら切れることのない、その人の行く末に絡みついた糸があるのだ。

真緒が生まれながらに持っていた縁は、終也に結ばれたものではなかった。

「でも、終也は後悔《こうかい》していない。そうだよね?」

弾かれたように、終也は顔をあげる。

「君を幸せにしてあげたい。幸せであってほしい、と思っているんです」

「知っているよ、いつもわたしを想ってくれること」

「でも、君の幸せに、僕がいないことが許せなかった」

だから、真緒に結びついた縁を切った、という。

あの夜、暗がりで出逢《であ》ったときに、終也は真緒に結びついていた縁——おそらく、七伏智弦へと繋《つな》がっていたそれを、すべて切ったのだろう。

「うん。だって、終也も幸せになりたかったんだもんね」

「今だって変わりません。君に、広い世界を見せてあげたいのに。同じくらい、僕だけの真緒でいてほしいと思っているんです。どちらも僕の本心なんですよ。きっとこの先も、僕のそういうところは消えない」

それが、神様の血を色濃く引いた、先祖返《せんぞがえ》りとしての性質なのだ。

緑色の瞳が、じっと真緒に向けられる。宝石のような瞳は、彼が神様の血を継いでいることを思わせる。

そのまなざしの優しさを知っているから、その目を恐ろしいと思ったことはない。

「ふたりきりで生きることも、終也となら楽しいと思う。でもね、一緒にいろんなところに行ったり、美味《おい》しいもの食べたり、綺麗《きれい》なものを見たりしたい。そんな風に、終也と一緒に生きていきたい。──そうしたら、もう寂しくないよね？」

終也の瞳から、大粒の涙があふれ出す。この美しい旦那様が、真緒の前で泣くのは、そう多くはない。

彼が涙を見せるのは、過去の傷に関するときだけ。

「僕は、……僕は、化け物です。でも、君が、僕を化け物じゃない、と。醜《みにく》くなんかない、美しいんだ、と教えてくれる。その度《たび》に思うんです。僕を化け物じゃなくて、美しいものにしてくれるのは真緒だ。君がいるから、僕は化け物にならずにいられる。……君のまなざしが、僕を人の世に留めてくれる」

「それは違うよ。わたしの目には、いつだって、あなたは優しい、美しい人に見えるもの」

「僕以外にも、美しいものがたくさんある、と。君が知っても？」

「美しいもの、優しいものが、此《こ》の世にはたくさんあるのかもしれない。でも、わたしが心から綺麗だって、いちばん美しいんだって思った終也がいるから、それに気づけるんだと思うの。……だから、どこにもやらないで。この家にいて良いんだって、終也がずっと教えて」

終也の手をとって、小指を絡める。彼が結んでくれた糸が切れぬように。

「どこにも、どこにもやりません」

終也は膝を折って、真緒と視線を合わせる。祈るように、繋がれた手を抱き寄せる姿に、真緒は胸がいっぱいになった。

「わたしが不幸だって、他の誰が言っても。終也だけは信じてね。わたしは幸せだって、どんな痛みや苦しみがあっても、あの夜、終也に会えたことが幸せだって思っていることを信じてね」

真緒は微笑《ほほえ》んで、いつか終也がそうしてくれたように、彼に口づける。真緒の想いが伝わるように願って。

大粒の涙を流していた彼は、驚いたように目を丸くしていた。

新雪のように真っ白な頰《ほお》が、赤く染まってゆく。

「わたしは終也の運命じゃない。でも、終也の運命でありたいの」

運命でなくとも、彼の運命でありたいと願っている。結びついた糸が、何度切れてしまっても、何度も結び直したいと思っている。

それが真緒の恋だと、真緒はようやく自覚した。

※この作品はフィクションです。実在の人物・団体・事件などにはいっさい関係ありません。

集英社オレンジ文庫をお買い上げいただき、ありがとうございます。
ご意見・ご感想をお待ちしております。

● あて先
〒101-8050　東京都千代田区一ツ橋2-5-10
集英社オレンジ文庫編集部 気付
東堂　燦先生

十番様の縁結び 2

神在花嫁綺譚

集英社
オレンジ文庫

2022年 8 月24日　第1刷発行
2023年12月 6 日　第4刷発行

著　者　東堂　燦
発行者　今井孝昭
発行所　株式会社集英社
〒101-8050東京都千代田区一ツ橋2-5-10
電話【編集部】03-3230-6352
【読者係】03-3230-6080
【販売部】03-3230-6393（書店専用）
印刷所　図書印刷株式会社

ISBN 978-4-08-680460-8 C0193

集英社オレンジ文庫

竹岡葉月

音無橋、たもと屋の純情

旅立つ人への天津飯

東京都北区・音無橋のそばにある定食屋
「たもと屋」は心残りのある死者が
立ち寄るという。会社になじめず、
身も心も疲れ果て死者と勘違いされた凜々は、
勧められるまま食事を注文するのだが…。